DU RYTHME, EN FRANÇAIS

Pour paraître.

DU MÊME AUTEUR :

ESSAIS DE POÉTRIE FRANÇAISE . . . . *1 vol.*

INTRODUCTION A UNE RYTHMIQUE EXPÉRIMEN
TALE . . . . *1 vol.*

ROBERT DE SOUZA

DU RYTHME

EN FRANÇAIS

> *Il n'y a rien de si difficile à saisir que l'accent : on apprend mille fois plus aisément les airs de musique les plus compliqués que la prononciation d'une seule syllabe.*
>
> MADAME DE STAËL.

PARIS

LIBRAIRIE UNIVERSITAIRE

H. WELTER, Éditeur

4, RUE BERNARD-PALISSY, 4

1912

Cette étude a été rédigée à la fin de décembre 1910 et publiée dans la revue *La Phalange* en février 1911.

La plus grande partie du troisième chapitre fut ajoutée en mars; elle parut dans *La Phalange* en mai.

Les « Appendices » furent joints aux épreuves du tirage à part aux mois de juin et de novembre.

AVANT-PROPOS

Puissé-je mettre quelques précisions — je m'adresse surtout aux poètes et à leurs lecteurs — dans les à-peu-près d'un débat sans fin !...

Des amis veulent bien me réclamer l'achèvement des études expérimentales que j'ai cru nécessaire de poursuivre sur le rythme. Mais dans cet ordre on gagne beaucoup à se hâter lentement.

Cependant, commencées en 1902 et poursuivies à de longs intervalles, mes expériences sont faites, nombre de mes conclusions prises. D'autre part, on ne cesse de publier des articles hostiles ou favorables aux conditions vivantes d'un art dans la poésie française d'aujourd'hui : tous sont également superficiels, bourrés de confusions.

J'ai pensé répondre au désir, trop aventuré peut-être, de plusieurs en éprouvant une méthode et quelques résultats essentiels de mes recherches d'après les lectures un peu distraites de nos critiques et de nos artistes eux-mêmes.

Il n'est point d'art sans un long travail d'atelier.

Je sais :

« L'art ne fait que des vers, le cœur seul est poète. »

Ne l'oublions pas, — mais ne nous fions point à une ingénuité qui subit l'empreinte de tous les moules, qui fait écouter le cœur des autres plus que le sien.

Pour nous mieux approcher de notre cœur, pour vraiment, librement, l'entendre bien près, dans tous les mouvements intuitifs dont l'âme n'est point séparable, travaillons profondément la nature, avec scrupule, avec confiance.

R. S.

DU RYTHME, EN FRANÇAIS [1]

1. Il serait fâcheux qu'on ne retirât pas quelque profit des affirmations sympathiques, chaque jour plus nombreuses, et des différentes controverses que continue à susciter le « vers libre » depuis un an. En dépit du système épigraphique de Moréas, convenant à l'exiguïté de l'urne funéraire qu'il se préparait, ou des succès faciles d'une illusoire ou artificielle liberté dans les cadres convenus, la *composition rythmique*, dénommée « vers libre », rejettera de plus en plus, réclamée par tout poème, une symétrie automatique, devenue inexpressive, qui n'est qu'en apparence dans la tradition. L'accueil du public grandit ; pour qu'il s'étende, il suffira de quelques manifestations théâtrales sans doute prochaines. C'est par l'audition que l'oreille se forme, non par la lecture, surtout quand on ne sait pas lire...

2. Après quelques chefs-d'œuvre, depuis vingt ans, d'une véritable composition rythmique, d'où vient que si peu en effet savent

(1) *Enquête internationale sur le Vers libre* (Poesia, Milan, 1909). — OMEGA, *Le Vers Français* (La Phalange, 20 sept. 1909). — HENRI GHÉON, *Lettre* (Nouvelle Revue française, 1er nov. 1909). — CHARLES LE GOFFIC, *Nos Poètes* (La Revue hebdomadaire, 11 déc. 1909). — HENRI GHÉON, *Le mouvement dans la poésie lyrique* (La Grande Revue, 25 déc. 1909). — LOUIS MANDIN, *Étude sur les « Ballades françaises »*, (Vers et Prose, 1909). — MICHEL ARNAULD, *Du vers français* (La Nouvelle Revue française, 1er janv. 1910). — GEORGES DUHAMEL et CHARLES VILDRAC, *Notes sur la technique poétique* (Paris, 1910). — EMILE COTTINET, *Quelques notes sur la nouvelle technique* (Pan, fév. 1910). — HENRI GHÉON, *Une discipline du Vers Libre* (La Nouvelle Revue française 1er avril. 1910). — JULES BOIS, *L'Humanité divine*, poèmes, préface (Paris, 1910). — C.-M. SAVARIT, *Les limites de la poésie libre : le rythme et le mètre selon la linguistique* (Mercure de France, 1er nov. 1910). — CHARLES LE GOFFIC, *Nos Poètes* (La Revue hebdomadaire, 4 février 1911).

lire ? Devons-nous l'imputer aux poètes eux-mêmes ? Sans doute, et pour beaucoup. Les poètes ne savent pas *se* lire, et naturellement encore moins lire les autres ; puis ils perdent dans les exercices de la conscience analytique tous les bénéfices des œuvres ou de la conscience instinctive. Ils ne peuvent pas arriver à dégager par l'analyse les éléments nouveaux de leur matière, ce qui n'est pas nécessaire tant que ces éléments se cachent derrière les paravents des formes historiques, mais ce qui est obligatoire dès que, derrière elles, on fait apparaître franchement, dans un ordre inattendu, les éléments organiques. Cette obligation serait encore vaine, si les poètes d'instinct songeaient, comme Racine, à styler des interprètes, s'ils pouvaient remplacer la démonstration par l'expérience ; or ils n'y songent pas. Peut-être y seraient-ils impuissants, car on se doute que la pratique de l'expérience a besoin d'être appuyée sur une démonstration, tout au moins intérieure...

Les efforts intéressants qui se produisent de lustre en lustre pour dégager les éléments nouveaux, ou plutôt vivants, de la technique poétique ont été cette année particulièrement remarquables ; ils ne sont pas plus approfondis, ils ne sont pas plus heureux que les précédents. C'est pourquoi il est absolument inutile de rien publier, — autrement que par l'audition. Lorsqu'on n'est pas affligé d'exhibitionnisme sentimental, ou d'une vanité du nom, de cette plus ou moins fausse étiquette appelée gloire, qu'on estime que l'émotion ne doit pas être séparée de l'œuvre d'art et que néanmoins l'œuvre d'art ne se réalise entièrement que dans la communication, à quoi bon rien communiquer : on est sûr que les poètes, leurs commentateurs (et le public avec eux) liront de travers. Pourquoi ? parce que, comme tant d'autres artistes aujourd'hui, ils n'ont même point voulu apprendre à lire sur les genoux de leur mère, qu'ils ne se sont point mis à l'école, à *leur* école, qu'ils n'ont passé par aucun atelier, et que ne sachant pas lire, ils parlent. Cela ne les empêche pas de nous donner des œuvres, et qui comptent, répétons-le des *chefs-d'œuvre*; mais nous allons voir que pour ces œuvres mêmes leurs imprécisions ont des conséquences assez graves.

I

LE RYTHME, SA NATURE EN FRANÇAIS;
QUELQUES ERREURS

3. Insignifiantes sont ces conséquences tant que devant une suite de rythmes parfaitement mécaniques, on nous dit en général : voilà de l'excellent « vers libre », voilà de la composition rythmique ! Cela ne trompe personne : qui ne retrouve ses vieilles connaissances ? Cette erreur a été commise par M. Louis Mandin dans sa belle *Etude sur les « Ballades françaises »*, lorsqu'il voulait répondre à M. André Beaunier touchant l'asservissement de M. Paul Fort à l'ancienne métrique. M. Paul Fort est un admirable poète ; mais il ne sait pas ou plutôt il ne veut pas savoir ce qu'est une composition rythmique. Il n'y a pas de poète historiquement traditionnel dont le ronronnement soit plus évident ; ses poèmes sont des chapelets.

Ce *balladier*, comme La Fontaine, était « fablier », avait pourtant en lui le sens le plus juste des éléments rythmiques de la langue : une accentuation d'un relief toujours exact, une appropriation à l'accent des syllabes les plus savoureuses, une prononciation naturelle dont le tact parfait ne laisse presque jamais prise. par la place de l'accent même, à l'incertitude des muettes ou à des contractions peu conformes au mouvement. Hélas ! toute la justesse de ces éléments renforce une rythmique insupportable chaque fois qu'elle ne s'accorde point aux petits pas d'une gent trotte-menue et populaire. Cela arrive souvent pour notre plaisir ; mais en ce cas même nous restons dans la *métrique* et dans l'ancienne ; la tricherie d'une disposition en prose de versets ne peut tromper. Quel dommage que tant d'abondance, que tant de variétés d'une poésie merveilleuse soient entraînées comme sous le cylindre de la stance ! qu'elles aboutissent à l'ensemble d'une œuvre d'art à la fois magnifique et bâtarde, — œuvre de transition d'ailleurs, comme tant d'autres de notre génération.

4. Les conséquences d'un examen critique nous valent autrement d'erreurs, lorsque les poètes abordent le détail de la technique. Mais il n'y aurait que demi-mal, si les analystes de profession réussissaient où les poètes échouent. Voyons un peu. M. Michel Arnauld écrivait dans une discussion avec M. Henri Ghéon sur *Le Vers français* : « Entre nos poètes, ceux-là seulement sont qualifiés pour dire *comment les vers libres doivent être écrits,* qui ne laissent point le lecteur douter *comment ces mêmes vers doivent être lus* ». Pardon ! les poètes ne sont-ils pas en droit de demander d'abord aux lecteurs s'ils savent lire ? exigence, je crois, naturelle, même si les poètes se trompent dans leur propre lecture.

M. Michel Arnauld, après cette phrase, ajoute en note: «...(Prenons, les mots suivants :

Fluide et douce caresse de cendre bleue...

Cette suite de sons mélodieux est-elle un vers ? assurément. Ou plutôt — voilà ce qui m'inquiète ! — elle donne *plusieurs* vers à mon choix, selon la façon de déclamer. Dois-je prononcer les finales des deux mots *douce* et *caresse* ? en élider une seule ? ou bien toutes les deux ? si je les ai supprimées d'abord, c'est que je ramenais à mon insu le régulier décasyllabe du *Roland* ou de Marot. Si je me décide à les maintenir, c'est qu'un vers de douze syllabes s'accorde mieux avec des alexandrins réguliers, qui précèdent ou suivent d'assez près. Mieux vaudrait que la coutume, sinon la règle du vers libre, m'imposât d'avance un parti. »

Cette note me suffit : je suis certain à présent que M. Michel Arnauld ne sait pas lire. Il n'entend pas le chant véritable du langage français; il n'entend qu'un certain nombre de refrains découpés par une tradition. Essayons de le démontrer en reprenant notre b, a, ba.

5. Devant toute ligne figurative d'un mouvement verbal quelconque, comment en reconnaître la nature rythmique ? Par la place des accents. Mais que font la plupart des lecteurs ? Il y a d'abord

ceux qui ignorent complétement que le français possède un accent ;
et ceux-là se bornent à compter les syllabes sur leurs doigts, en
les groupant par nombres symétriques : s'il y a symétrie, il y a
rythme ; s'il n'y a pas symétrie, il n'y a pas rythme. D'autres connaissent l'accent du français, qui serait sur la dernière syllabe
sonore du mot à terminaison masculine, ou sur l'avant-dernière
du mot à terminaison féminine, ce qui est vrai lorsque le mot est
isolé : « *joyeux, joyeuse* », mais ce qui n'est plus vrai dans un
groupe : « *joyeuse* vie ». L'accent du français est en effet sur la
dernière syllabe tonique du *mot métrique*. Lorsque, métrique ou
grammatical, le mot a plus de deux, trois ou quatre syllabes, il
porte toujours un second accent, le plus souvent sur l'antépénultième : « *extraordinaire, insupportable, certain(e)*ment, *certai-
n(e)ment* non ». L'effet oratoire déplace parfois l'accent : « *c'est
horrible !* » mais beaucoup plus rarement que veulent le faire croire
ceux qui s'obstinent à refuser au français une accentuation déterminée. La plupart du temps, cet effet renforce seulement la syllabe voulue aux places coutumières. Faute de connaître la
nature exacte de notre accent dans le mouvement des mots, les
seconds lecteurs ne savent pas s'en servir pour mieux découvrir
que les premiers le jeu du rythme.

Au point de vue du mouvement seul, la nature de cet accent
est double ; c'est d'abord un accent de *durée*, c'est ensuite un
accent d'*intensité*.

Notre entendement dépend avec une telle rigueur des axiomes
infligés par la routine que jusqu'à ces dernières années je n'arri-
vais pas à reconnaître que *l'accent de durée est l'accent fondamental du français.*

Oui, comme en grec, comme en latin, comme sans doute dans
toutes les langues du monde, le mouvement verbal est d'abord une
succession de longues et de brèves ; et les preuves expérimentales
sont faites qu'en français comme en latin deux brèves équivalent à
peu près à une longue. Comment pourrait-il en être autrement du
moment que par la parole on agit dans le temps ? et comment
n'importe quel mouvement verbal, étant une manifestation de
la durée, serait-il isochrone ? échapperait-il à cette loi des ondes
successives et ordonnées qui est celle de tout rythme ?

On sait que les théories scolaires établissent une sorte de divorce dans les langues anciennes entre leur *mensuration* et leur *accentuation*. Dans le latin, le parler populaire, qui a engendré les langues romanes, aurait été *accentué*, non *mesuré*, tandis que le parler savant n'aurait pas tenu compte en poésie des valeurs d'intensité [1]. En réalité, aucune forme du latin ne pouvait échapper à ces deux phénomènes, qui peut-être se confondaient en un seul à double face, car on a cru pouvoir démontrer expérimentalement l'identité de la quantité antique et de l'accent dynamique de la phonétique moderne [2]. Dans tous les cas, la force tonique de l'accent rythmique dans le latin populaire n'avait fait que supprimer entre les *longues* un certain nombre de *brèves* contractées et, par là, quelques figures trop compliquées. La mensuration était à la base du rythme même qui la dominait. Une *forte* était toujours une *longue* (sauf exceptions artificielles), et dans la versification savante une longue ou une brève pouvait souvent changer de valeur selon la place et le mouvement, comme en français. Phénomènes différents, mais concomitants, la *quantité* et l'*intensité* sont inséparables [3].

Jadis on se trompa. Les uns découvraient bien des brèves et des longues (trop souvent confondues d'ailleurs avec le timbre) [4] mais pour ne leur accorder aucun rôle : les autres le fixaient dans le mot pris à part, le mot grammatical dégagé du mouvement émotionnel, des valeurs de position qui commandent toujours le français : et ils croyaient décalquer des mètres anciens que le rythme véritable rendait inexistants. Des deux côtés l'erreur était capitale : on ignorait d'abord l'*accent* propre de la lan-

(1) Quoique avec des restrictions et des nuances, nous nous en étions tenus encore à cette théorie dans *Où nous en sommes*, p. 67

(2) LIONCE ROUDET, *Éléments de phonétique générale*, p. 236 (H. Walter, éd. 1910). (Voir l'APPENDICE V.)

(3) « On a cru longtemps que le vers français se contentait d'un nombre fixe de syllabes avec la rime. Mais on sait aujourd'hui que sans rythme temporel le vers n'existe pas. » ROUSSELOT, *Principes de phonétique expérimentale* (Weiter, éd. 2 vol. 1901-1908) T. II, p. 1001.

(4) Par exemple, l'*a* de *pâte* serait encore jugé uniformément long et l'*a* de *patte* bref, alors que l'un ou l'autre peut être bref ou long dans le mouvement de la phrase ; mais *a* de *pâte* est un *a grave* et *a* de *patte* un *a moyen*. — Les accents circonflexes, contrairement à l'opinion générale, n'apportent aucune valeur de *durée*, pas plus d'ailleurs que de timbre, à la voyelle qu'ils surmontent : l'*a* grave de *pas* peut être aussi long que l'*a* de *pâte* ou l'*a* aigu de *part*. (Voir l'APPENDICE VI.

gue, qui détermine des *toniques* et des *atones*, par conséquent le rôle entraîneur de la *durée* joué par l'*intensité*, puis cette concomitance intime sans laquelle la nature de l'une ou de l'autre reste dans le mouvement faussée. Il est toutefois curieux de remarquer que la préoccupation de la *quantité* seule ou de la *durée* coïncida avec toutes les grandes époques de refonte poétique. Malgré leur méthode erronée, c'est par ce poids qu'ils cherchaient à donner aux syllabes dans une juste balance que les poètes de la Pléiade retrouvèrent une plénitude musicale qu'après *la Poétique* (1763) de Marmontel et la *Prosodie* (1736) de l'abbé d'Olivet, les Roucher et les Chénier surent reprendre.

Quoi qu'il en soit, on arrive aujourd'hui à cette constatation : les figures rythmiques sont d'autant plus heureuses que les jeux des longues et des brèves ont été mieux choisis.

6. Voici donc le premier état du vers emprunté à M. Paul Castiaux et cité par M. Arnauld, vers qui peint la grâce d'un horizon aux fuites vaporeuses :

Fluide et douce caresse de cendre bleue,

c'est-à-dire une succession d'iambes parfaitement régulière. Mais cette succession ne nous donne que la trame du rythme ; l'*intensité* survient, qui frappe certaines syllabes pour composer les variétés passionnelles du mouvement, les figures rythmiques définitives, et nous avons :

Fl*uide* et douce ca*resse* | de cendre *bleue*, (1)

qui établit les balancements numériques peu compliqués de 2-4-4 avec une très légère pause après le sixième temps. Qu'avait besoin M. Arnauld d'aller chercher le souvenir du décasyllabe pour sentir le rythme excellent de ce vers ? et même un dodécasyllabe, comme si les concordances parfaites de ces ondes avaient besoin d'être alexandrines pour s'appuyer au voisinage d'autres alexandrins ?

(1) Dans toute la suite de ces pages, les syllabes en italiques des citations marquent les accents d'intensité, les accents expressifs.

On pourra m'objecter que, cette scansion n'étant pas traditionnelle, le lecteur devra être prévenu, qu'elle ne s'impose pas, puisque sans elle il aura pu goûter tant de vers de la poésie française.
Or c'est le mouvement naturel du langage qui l'impose, qui l'a de
tous temps imposée plus ou moins consciemment à ceux qui
savaient vraiment lire, à ceux même qui ne le savaient pas(¹).

*_**

7. Nous allons en fournir la preuve indubitable. Tant qu'on ne
pouvait fixer dans l'espace pour un examen indéfini la fuite d'un
mouvement, en particulier les multiplicités synchroniques des
souffles et vibrations qui constituent la parole, cette preuve était
impossible. Soit que le souvenir déformât à mesure les impres-
sions de l'oreille, soit que l'oreille n'entendît que suivant les
commandements de l'esprit, il était inutile de chercher à se
mettre d'accord sur les phénomènes des sons dans la rapidité
aux mille nuances du mouvement verbal. Il n'en est plus de
même aujourd'hui. On connaît (à vrai dire, très vaguement) les
appareils d'analyse, qui servent aux découvertes de la *Phonétique
expérimentale*, cette science nouvelle aux ramifications si nombreuses et inattendues, créée par M. l'abbé Rousselot. Parmi
ces appareils, dont les applications n'ont rien de commun avec les
pauvretés d'un charlatan comme ce docteur Marage qui par son
cours et ses réclames honteuses à travers la presse ignorante
déshonorent la Sorbonne, il en est un, décomposant inscripteur
et enregistreur des moindres traces du souffle et du son, qui offre
aux poètes un excellent *moyen de contrôle* (²). Car il ne s'agit pas
d'autre chose. Certains s'imaginent que je m'en vais fabriquer de
la poésie au Laboratoire du Collège de France comme on recherche

---

(1) « En dehors de toute recherche de l'harmonie et de toute préoccupation oratoire, par le fait seul que plusieurs syllabes se succèdent les unes
aux autres, il s'établit entre elles une succession de brèves et de longues qui
constituent un rythme naturel ». ROUSSELOT, *Principes*, T. II, p. 998.

(2) Voir mes études parues dans la Revue l'*Occident*, numéros de Sep-
tembre, Octobre, Novembre 1906 et Décembre 1907. — C'est dans ce dernier
numéro que fut décrit pour la première fois le nouvel appareil enregistreur
de M. Rousselot, qui par ses perfectionnements et ses dimensions permet-
tait seul, depuis 1905, des études développées sur le rythme. (Au sujet de
M. le Dr Marage, voir l'APPENDICE VIII; à propos de l'appareil Rousselot, voir
l'APPENDICE IX).

des formules chimiques pour créer de nouveaux parfums. Il importe simplement, par des agents automatiques indépendants de nos suggestions personnelles, de reconnaître la réalité des phénomènes harmoniques et rythmiques qui se produisent dans le chant des poètes. Seulement, il se trouve que plus on avance dans cette connaissance, plus la réalité élargit le domaine de notre technique en nous révélant combien vaines, trompeuses et grossières sont les règles officielles adoptées jusqu'ici.

8. Ce point clairement élucidé, reprenons notre exemple. Je le transcrivis sur une feuille de papier et, me gardant soigneusement de le lire comme de dire mes raisons, je le présentai à M. l'abbé Rousselot. Mon vénéré maître est l'expérimentateur idéal pour toutes les recherches d'une technique moderne. Son oreille, très aiguisée dans l'ordre de la science acoustique proprement dite, a été peu développée dans le sens de la plastique du rythme. Elle est restée serve d'une éducation classique, abstraite et fort rigide. D'une autre manière que M. Michel Arnauld, ce n'est pas un lecteur très expérimenté (¹). Aussi lorsqu'il eut ma feuille entre les mains et mis ses lunettes, il s'écria :

— Qu'est-ce que c'est que ça ?.. ça n'a aucun sens... ça, un vers !... Je ne pourrai jamais dire ça...

— Bien, mon cher maître, c'est parfait !.. vous êtes dans d'excellentes conditions pour l'expérience... Ça ?... dites-le tout de même.

Quand je revins pour déchiffrer l'inscription, il m'avertit :

— Je l'ai dit n'importe comment... Je n'ai même pas su ce que je disais... c'était trop antipathique... et ce que j'étais agacé !... puis l'embouchure ne marchait pas..

Et il tint à mesurer lui-même les phonèmes des quatre tracés, les deux siens et deux autres de M. Lote dont la diction avait été soignée.

Voici le résultat de la lecture analytique avec le relevé pour chaque

(¹) « Si mon oreille n'est pas encore faite au *vers libre*, je comprends cependant que pour d'autres le rythme puisse suffire. J'ai au moins gagné ceci que les vers classiques dépourvus de rythme, ne sont plus des vers pour moi ». Rousselot, *Principes*, T. II, p. 1095.

	f	l	ü	i	d	e	d	u	s	œ	k	a	r	è	s	œ	d	œ	s	ã	d	r	œ	b	l	ə̀
R — 1ʳᵉ fois	8	2	8	41	6	11	12	28	12	2	9	10	4	26	11	3	5	5	6	17	4	4	6	11	6	23
R — 2ᵉ fois	20	8	15	25	5	10	13	21	10	2	9	10	4	30	9	2	6	7	12	24	5	4	5	8	6	22
L — 1ʳᵉ fois	25	4	20	42	3	7	16	21	7		13	17		28	12	3	16	8	17	13	4	6	6	12	6	20
L — 2ᵉ fois	15	12	24	55	5	10	21	24	8		12	10	4	28	10	8	11	8	15	11	4	6	7	13	4	20

phonème de sa durée en centièmes de seconde. Les sons qui portent l'accent de durée sont en chiffres gras ; ceux frappés plus particulièrement de l'accent rythmique d'intensité sont en gras italiques. (Pour l'écriture phonétique, voir l'APPENDICE I.)

9. Nous laissons la ligne verbale dans sa continuité indéchirable. Nous ne totalisons pas certains groupes de chiffres par *syllabes*. Nous tendons de plus en plus à croire que, phonétiquement, pas plus que le « mot », la « syllabe » n'existe pas. (Voir l'APPENDICE II.) Ce n'est pas que les articulations ne produisent autour de certaines tenues sonores des agglutinations précipitées que l'oreille synchronise en grosses unités successives, synchronismes flottants qui sont dits « syllabes » ; mais dans l'analyse, dans la recherche du point rythmique déterminant, ce qui importe est la tenue dite « voyelle » qui soutient le plus grand poids de l'accent et qui, généralement, frappe par une hauteur musicale plus élevée. Les agglutinations des sonores et des sourdes qui se produisent autour de la voyelle et qu'elle entraîne fausseraient aisément la valeur rythmique de la durée. Ainsi les sourdes (*f* : R, 2ᵉ ; *k* : L, 2ᵉ ; *s* de *sœ* : L, 1ʳᵉ et 2ᵉ) sont plus longues que l'*ü*. l'*a* ou l'*ã*. La durée de ces *bruits* ne me

paraît pas devoir être ajoutée à celle des *sons* ; elle ne s'y incorpore point. Le *f* notamment de *flii* est comme une préparation du souffle avant l'éclatement du son. Quant aux sonores qui semblent pénétrer la voyelle d'une durée aussi longue que la sienne ou plus longue, il n'y a guère de pénétration réelle que pour les liquides (*r*, *l*) et encore ! — toutes les autres sont bien successives. Leur importance quantitative ne peut rivaliser avec celle de la voyelle qui la domine, même lorsque celle-ci est d'une durée moindre. La durée du son voyelle joue bien le principal rôle rythmique. Pour mieux s'en rendre compte, il suffit de dire les voyelles, avec le souvenir des autres sonorités détachées, dans le mouvement du rythme :

$$\breve{u} \; \bar{\imath} - \breve{e} \; ou \; \breve{a} \; \breve{e} -- \breve{e} \; \bar{an} \; \breve{e} \; \bar{eu}$$

la figure du mouvement reste intacte. D'ailleurs, s'il n'en était pas ainsi, comment reconstituerait-on les mêmes figures rythmiques avec des syllabes dont la tenue « voyelle » est tantôt précédée, tantôt suivie, tantôt précédée et suivie d'une ou deux consonnes de toutes natures ?

10. Maintenant lisons. Que constatons-nous tout d'abord ? C'est, dans ces quatre dictions différentes, les involontaires de M. l'abbé Rousselot comme les étudiées de M. Lote, une similitude souvent absolue, ou à un centième de seconde près, des phénomènes. C'est ensuite une alternance exacte de brèves et de longues avec des rapports de temps considérables, et qui n'étaient pas nécessaires pour les rendre sensibles. Quelques centièmes de seconde suffisent pour que soit perceptible l'intervalle d'une brève à une longue ou d'une longue à une brève. (D'après M. Bourdon [1], on commence à éprouver une sensation de durée à partir de 1 ou 2 centièmes de seconde). Puis la succession est parfaitement régulière des ïambes, telle que notre lecture l'avait déterminée. C'est enfin les mêmes syllabes qui sont frappées de l'accent rythmique émotionnel sur la trame égale des ïambes et que marque l'allongement de la

<hr>

[1] *La perception du temps.* Revue philosophique, mai 1907.

durée, sauf dans les interversions légères de 28, *ou* de *douce*, par rapport à 26, *è* de *caresse*, (R, 1ᵉ) et de 25. *i* de *fluide*, à 3o, *è* de *caresse*, (R, 2ᵉ) dues à la négligence extrême de l'expérimentateur. Les deux fortes-longues principales sont bien *ide* et *resse*, et, seule différence entre ma lecture et ces dernières, tandis que je glissais sur *douce* et allongeais *resse* jusqu'à lui donner la valeur d'*ide* et de *bleue*.

Fluide et douce caresse de cendre bleue,

MM. Rousselot et Lote ont été portés davantage par la cadence ïambique, qui les inclina à presque rythmer *douce* en le rapprochant de *resse*, sans donner à cette syllabe-ci une valeur égale à *ide*.

Or, il est bien évident que cette variante ne change rien à la figure générale du rythme.

La preuve me semble faite qu'une seule manière organique convient à la déclamation de l'exemple qui présentait tant d'incertitude à M. Michel Arnauld, et que cette manière s'impose par la simple logique de l'accentuation dans la lecture la plus inconsciente et la plus hostile. Il est probable que M. Arnauld lui-même n'eut pas lu autrement, sans qu'il eût été capable d'entendre sa propre lecture. Car dans la délicatesse de ces questions rythmiques, *ce n'est pas tant le mouvement imposé qui n'est pas reproduit, que l'oreille qui n'est pas accordée à la réalité des faits.*

11. Mal saisie, cette réalité cependant n'a jamais échappé aux véritables rythmeurs. L'accent réel du français ne fut pas méconnu de nos classiques. C'est en les analysant dans leur fonds véritable, non sur leurs apparences, que nous trouvons toutes nos assises.

Etudiant *Le Mouvement dans la Poésie lyrique française*, M. Henri Ghéon citait des vers de La Fontaine, et il remarquait « la disposition variable des accents à l'intérieur des groupes syllabiques de longueur elle-même variable ». Mais je ne sais s'il fut frappé combien cette diversité reposait sur des mesures régulièrement alternées de longues et de brèves que pourrait nous envier n'importe quel poète anglais ou allemand. Peut-on lire autrement qu'ainsi :

Un *loup* n'avait que les *os* et la *peau*,

Tant les *chiens* faisaient bonne *garde*.

Ce *loup* rencontre un *dogue* aussi puis*sant* que *beau*,

Gras, po*li*, qui s'était fourvoy*é* par mé*garde*.

L'atta*quer*, le mettre en quar*tiers*,

Sire *loup* l'eut fait volon*tiers*... etc.

Et encore :

Un *homme* de moyen *âge*,

Et ti*rant* sur le gri*son*,

Ju*gea* qu'il était sai*son*

De son*ger* au *mariage*,

Il a*vait* du comp*tant*

Et par*tant*

De *quoi* choisir... etc... (¹)

Dans la première citation, remarquez les correspondances métriques, surtout de *Tant les chiens* avec *Gras poli*, puis du cinquième et du sixième vers : dans la deuxième, l'alternance

---

(1) Ces exemples que nous pourrions multiplier indéfiniment ne nous permettent pas d'accepter avec l'incidente soulignée par nous ce passage des *Principes* (Tome II. p. 1001), de M. Rousselot : « Les langues prosodiques utilisent la quantité comme base de leur rythmique. Les langues non prosodiques. comme le français, *sans rechercher le rythme temporel*, ne peuvent néanmoins s'en passer ».

M. Albert Thibaudet dans son étude sur *Stéphane Mallarmé* indique très bien comment s'établit la « recherche » en art : « Qu'il s'agisse de rythme, de rime. de coupe. nous ne dirons pas d'abord que le poète les a cherchés. mais seulement qu'il les a trouvés. Et ensuite nous réfléchirons que trouver et chercher ne se séparent qu'à l'analyse et pour le langage, non dans la réalité ». (*La Phalange*, n° 55, p. 40.)

presque rigoureuse des quatre premiers vers et la suite si exactement imagée par les *pieds*, aussi bien mesurés qu'accentués.

Quant aux muettes de La Fontaine, ce n'est pas sa faute si la prononciation d'aujourd'hui n'est plus la sienne et si *un hom(me) de, bonn(e) garde, sir(e) loup* ne peuvent guère être syllabisés.

12. Revenons au vers de M. Michel Arnauld, en particulier à ses muettes. Alors elles sont supprimées? me dira-t-il. Oui et non. Qu'est-ce qui me l'indiquait? l'élan naturel des accents d'abord, la nature des phonèmes dont elles dépendent ensuite, les sifflantes avec les vibrantes laissant fuir les muettes plus facilement qu'aucune autre. Pourtant ces deux muettes ne le sont pas également. *Douce cares(se* ne forme qu'un mot ; tandis que lorsque la muette est précédée d'un temps principal du rythme comme l'est *res*, ou simplement d'une longue, elle tend à se prononcer (¹), sans que même devenue syllabique elle change quoi que soit à la nature du rythme. Seulement, une syllabisation complète n'a pas lieu de se produire ici, parce que la muette en rencontre une autre et qu'en général, dans ce cas, un seul *e* garde sa valeur. A examiner le résultat de nos quatre tracés, l'*e* moyen, dit muet, peut être l'objet d'observations curieuses. On remarquera qu'il n'est jamais absent du débit de M. Rousselot, bien que ce débit soit plus rapide que celui de M. Lote $2\,''80\frac{1}{2}$ et $2''83\frac{1}{2}$ contre $3''60$ et $3\,''45$), et dans le débit de M. Lote il n'est entièrement supprimé que dans la partie médiane du mot métrique *douc(e) caresse*. Nous sommes loin de la décapitation radicale de nos phonéticiens suivant l'école de M. Paul Passy. Et l'on ne peut pas dire que notre *e* se confonde avec la sonore ou la sourde qui le porte ; il en est parfaitement distinct. L'on ne peut pas dire non plus que sa durée est insignifiante, insensible à l'oreille ; plusieurs de nos dentales sonores, la première et la quatrième, ne sont pas plus marquées : ne sont-elles pas entendues? (²)

___

(1) J'ai démontré le fait en 1900 (voir l'*Occident*, novembre) par une expérience que M. l'abbé Rousselot a retenue dans ses *Principes de Phonétique expérimentale*.

(2) Rappelons que la « valeur réelle » de l'*e* moyen n'est point « méconnue

***

13. La lecture analytique des poètes nous réserve sans doute des satisfactions moins sommaires. Nous allons nous en rendre compte par les *Notes* souvent justes et fines de MM. Duhamel et Vildrac. Ce qui frappe tout d'abord est que dans ces soixante-et-onze petites pages. pas une remarque ne touche *l'accent*. Les auteurs en soulignent les effets malgré eux en s'arrêtant sur les groupes numériques qu'il détermine. Qu'arrive-t-il ? C'est que, par suite de cette prodigieuse absence, ils sont amenés à ne considérer que le *vers*, et dans ses rapports arithmétiques. Ce côté de la question est à retenir ; mais il reste secondaire. sans portée féconde. s'il n'est pas lié au jeu dynamique de l'accent, seul générateur de ressources infinies. Beaucoup de ces ressources semblent échapper à MM. Duhamel et Vildrac. puisqu'ils ne font qu'analyser, en somme, des formes métriques avec des fuites rythmiques indéterminées. Ils ne trouvent l'équilibre que par des correspondances de nombres ; ils ne paraissent pas se douter que le rythme est avant tout ce mouvement d'ondes entre les fortes que marque l'accent dont nous venons de voir les effets, que ces ondes peuvent et doivent avoir des formes numériques concordantes, mais que le dynamisme s'opère par la tension et la détente continue des longues-fortes et des brèves-faibles selon les mille variétés de l'accent émotionnel. Lorsqu'on a reconnu ce point, on sait que le vers n'est plus l'unité fondamentale qui nous importe, mais le *pied rythmique*, dont dépend la nature du mouvement et dont relève déjà celle de nos mètres classiques.

14. Vous allez voir comme cet oubli de l'accent générateur et de son rôle multiple provoque des fautes grossières. Nos poètes ont très bien noté « la valeur éventuelle et mobile des muettes », quoique avec des à peu près leur faisant méconnaître la nécessité de certaines règles fixes suivant l'accent qui précède ces muettes et les consonnes qui les suivent ou les commandent. Mais le rôle

dans le langage vulgaire ». ainsi que l'avance imprudemment M. Michel Arnauld. Elle est dans la parole la plus courante, comme dans la diction volontaire, mesurée suivant la nature des consonnes et l'intention expressive, qui est seulement plus rare que dans le débit poétique.

de l'accent n'étant pas présent à leur esprit, ils scandent ainsi
ces trois vers :

Elle ne mouille pas | tout le monde,   (6-3),
Elle ne désaltère pas | toutes les soifs,   (8-4),
Elle ne doit pas empoisonner | tous également.   (9-5).

Ils veulent montrer par là la progression numérique régulière
des seconds hémistiches (3, 4, 5) qui rétabliraient un équilibre
après l'indétermination des premiers ; et ils ne s'aperçoivent pas
que leurs calculs sont faux, que ces vers, en restant sur le terrain
numérique, devraient être scandés de cette manière :

Ell(e) ne mou | ille pas | tout le monde   (3-2-3), ([1])
Ell(e) ne désaltèr(e) pas | tou(tes) les soifs   (6-3), ([2])
Ell(e) ne doit pas | empoisonner | tous égal(e)ment (4-4-4). ([3])

Or, ils s'en seraient aperçus, s'ils avaient été portés par l'accent
sur *mou, mon, pas, soifs, pas, ner, ment :* les syllabes réelles
eussent immédiatement sailli, et ils n'eussent pas dû compter sur
leurs doigts les syllabes du papier.

Il est toujours très dangereux de rédiger de simples notes
rapides, fussent-elles spirituelles, sur des matières aussi délicates
que celles de notre technique : on perpétue ainsi de détestables
malentendus. Pour moi, qui humblement ne cesse de me remettre
à l'école, plus j'avance dans mes études, plus je me convainc
qu'on ne saurait risquer un mot sans autant de prudence que de
précision. Je suis assuré du reste que cette conviction est partagée
par MM. Duhamel et Vildrac, car ils ont écrit excellemment :
« Les poètes d'aujourd'hui devront plus que jamais ne pas laisser
somnoler le sens critique. — Pas de liberté sans responsabilité ;
et maintenant nous sommes responsables ».

(1) Il est évident que dans la prononciation courante l'*e* de *mouille* ne comp-
terait pas ; mais dans une prononciation rythmique, qui veut éviter la rencontre inutile de deux fortes (*mou, pas*), le poète doit profiter de toutes les faci-
lités des muettes pour harmoniser.

(2) Le cas n'est pas ici d'une emphase particulière, autrement *tou* pourrait
porter un peu fort accent et la muette, rendue syllabique, devenir numérique.

(3) Ce dernier vers n'est pas un 4-4-4 très franc par suite de la longue
tous qui peut attirer sans effort l'intensité de l'accent rythmique. Nous
aurions alors un 4-5-3 établissant entre les trois lignes expiratoires un parallélisme terminal, 3-3-3, qui donnerait l'équilibre métrique cherché par MM.
Duhamel et Vildrac.

15. M. Henri Ghéon, qui avec M. Francis Vielé-Griffin et M. Albert Mockel est un de nos meilleurs et rares *conscients*, avait déjà discuté leur « compromis » et, sur plusieurs points, fort bien démontré son insuffisance. Cependant il a été, selon moi, un peu excessif dans ses arguments. MM. Duhamel et Vildrac s'étant cantonnés dans le *vers*, M. Henri Ghéon, comme il l'avait déjà fait lors de l'*Enquête internationale sur le Vers Libre*, oppose au *vers* et au *vers libre* l'aboutissement rigoureux de la *strophe analytique*. Or, je m'en suis souvent expliqué avec son auteur responsable, mon cher ami, M. Francis Vielé-Griffin, cette expression est aussi mauvaise que celle de *vers libre* et, en aucune façon, elle ne peut être opposée au *vers*. Il est bien vrai que l'unité du pied rythmique échappe aux mesures artificielles par une affirmation indépendante et par des groupements strophiques, d'un ou deux pieds seulement, si besoin est. La méthode de M. Ghéon est très légitime : elle est aussi parfaitement conforme au mouvement le plus lyrique. Plus notre émotion est intense, plus nous ramassons les figures rythmiques qui la transmettent en des divisions brèves entrecoupées. Certains de nos plus anciens motets obéissent à un mouvement analogue. Il faut savoir lire M. Ghéon et, pour le savoir, donner aux accents toute la force que notre diction atténue d'habitude afin de vaincre la dureté prolongée de notre mécanique. Mais d'une part, les groupements des petites unités indépendantes ne constituent pas toujours une strophe, c'est-à-dire un ensemble, un tout sensible, loin de là ! De l'autre, quantité de sentiments, d'idées, d'émotions ne se prêtent pas à ce raccourcissement passionné de notre souffle, car toute mise en relief d'un pied rythmique, le plus petit soit-il, commande des arrêts et des reprises de la respiration. Enfin nous avons une tendance physiologique naturelle à distribuer d'un trait les rythmes successifs dans le seul jet verbal d'une haleine, et cette longueur moyenne d'une haleine, quelle est-elle ? le *vers*, le vers accentué et numériquement indéterminé s'il y a lieu, naturellement, mais le vers (1).

---

(1) Il est bien entendu qu'il ne s'agit pas ici d'un vers dans sa composition historique, qu'il n'est question que d'une ligne rythmique dans le temps d'une expiration.

Sur le fondement de l'accent, nous avons donc deux bases : *l'unité du pied rythmique* et *l'unité de la moyenne respiratoire* qui peut être plus ou moins allongée ou raccourcie selon la nature de notre émotion, et suivant celle même du poète, mais qui ne peut pas se prêter d'une façon exclusive à des halètements trop répétés. La *strophe rythmique* (pour l'opposer à l'entrecroisement des mesures régulières) est simplement une des résultantes aisées de la succession indépendante de nos petits groupes ; elle ne peut constituer une unité fondamentale.

Quant à l'épithète *analytique*, qui exprime la rigueur absolue d'un accord entre l'unité rythmique et l'unité logique des divisions de la phrase, il n'en est pas de plus fâcheuse. S'il est indéniable que la normale commande cet accord, des irrégularités très nombreuses doivent le détruire souvent pour qu'on ne perde pas les merveilleux effets de contretemps qui, dans tous les arts du mouvement, sont si expressifs par une rupture d'une logique trop continue, présentât-elle la plus vivante souplesse. Il suffit de n'en pas abuser comme les romantiques et de les renouveler par notre technique même([1]). Sans ces effets, l'articulation des groupes les plus variés deviendrait sèche et fatigante.

16. Une des causes qui nous empêchent de savoir lire est le rythme intérieur que chacun porte en soi et qui n'est pas le rythme de l'auteur contrarié. Encore une des raisons pour que tous les arts de la durée phonique s'imposent par l'oreille : Les plus avertis, les plus subtils poètes n'échappent point aux erreurs que cette opposition détermine

MM. Duhamel et Vildrac avaient cité cette strophe de M. Gustave Kahn :

> *La voix retentit* comme un hymne paré d'étoiles
> *parmi les drapeaux* et les miroirs de fête ;
> des cadences *de marteaux géants* dans des forges
> hantées *de chanteurs athlètes*

[1] « Le vers libre réussit souvent à soutenir une phrase musicale au dessus de l'ordre syntaxique, parce que les coupes logiques du sens ne sont ses génératrices que suivant *les accents passionnels*. Toute la portée de notre loi du mouvement est dans ces mots ». ROBERT DE SOUZA, *Où nous en sommes*, p. 68 (H. Floury, 1906).

s'allument, frissonnent, *sonnent et s'estompent*
pour faire place *aux chants doux des harpes.*

Ils avaient souligné certains « hémistiches fixes de ces vers mobiles » qu'ils appellent des « constantes rythmiques » et qui jouent le rôle de stabilisateurs dans un vers ou dans une strophe. C'était une de leurs notes les plus heureuses.

M. Ghéon transcrivant les quatre premiers vers ajoutait : « Vraiment, en toute bonne foi, est-il possible de le suivre dans ses déplacements injustifiés, « ce corps fixe qui bat la mesure » ? Non souligné, le trouverions-nous même ? Pour ma part, dans ces quatre vers, je lui dénie toute valeur rythmique : aveuglés par leur théorie nos deux jeunes poètes nous entraînent dans le chaos ». Ces lignes me plongèrent dans une certaine mélancolie. Comment ! voilà deux premiers vers qui commencent par deux groupes non seulement rythmiques, mais métriques, l'un et l'autre obéissant à la cadence 2-3 ; les deux suivants présentent la même cadence renversée, 3-2. et des groupes si bien marqués M. Ghéon ne les aurait pas sentis sans leur soulignement. Puis il s'arrête dans son analyse juste aux vers qui auraient pu lui donner raison, les derniers. dont la « constante » est en effet aléatoire. parce qu'ils manquent de cette cadence métrique dont le parallélisme pourrait être nécessaire.

Sans d'ailleurs nous perdre dans ces calculs numériques, tout légitimes qu'ils soient, bornons-nous à subir l'entraînement de l'accent, et les vers de M. Gustave Kahn nous apparaîtront excellemment rythmés sur un mètre à trois accents (1), ainsi :

La voix retentit comme un *hymne* paré d'*étoiles*	5—3-5
parmi les dra*peaux* et les *miroirs* de *fête* ;	5+4-2
des ca*dences* de marteaux *géants* dans des *forges*	3-5+3
han*tées* de chan*teurs* ath*lètes*	2+3-2
s'al*lument*, frissonnent, *sonnent* et s'es*tompent*	2+4-3
pour faire *place* aux chants *doux* des *harpes.*	3+3-2

17. Je fus encore plus étonné de ce que M. Ghéon nous dit de la

(1) Voir le chapitre II, n° 28.

rime. Il n'y a aucune utilité à se priver des ressources de la rime ou de l'assonance (il n'y a pas de hiérarchie à établir entre ces deux formes de l'homophonie, chacune a son rôle) complément naturel des rappels de sons qu'emploie sans cesse le plus ordinaire langage expressif. M. Ghéon ne l'oublie pas. Mais il insiste sur l'utilité *rythmique* de la rime. « Allitéré ou non, le vers blanc reste le vers blanc, dit-il, c'est-à-dire prose rythmée ». Jamais de la vie ! La rime est au rythme ce qu'une marque de couleur vive est à la fin d'un trait ; le trait existe sans elle, si elle le ren-force ou le distingue. Tout au plus constitue-t-elle un rythme second indépendant, un *rythme harmonique* superposé au *rythme dynamique*.

18. Ces confusions sous la plume des poètes les plus réfléchis se retrouvent avec ampleur chez les théoriciens. M. C. M. Savarit a publié sur *Les Limites de la poésie libre* une étude très bien intentionnée et où il pressentit de bonnes choses. Malheureusement, il était difficile d'aller plus loin dans l'arbi-traire. M. Savarit donne à l'accent toute son importance, bien qu'il ne sache pas en reconnaître la vraie nature. Seulement il énonce : ... « Les moyennes (?) ne peuvent recevoir l'accent que *par la volonté expresse du poète de les relever*. Tels sont *pas* et *fait* (moyennes) dans les exemples suivants :

> Et *toi*, ne veux-tu *pas*, voya*geuse* indo*lente*...
>
> (Vigny.)
>
> Et qui *n'est*, chaque *fois*. ni tout à *fait* la *même*.
> Ni tout à *fait* une *autre*. . .
>
> (Verlaine). »

Il est clair que *lente* et *même* sont les deux fortes les plus ac-centuées ; mais les autres syllabes en italiques sont également des fortes qui doivent l'accent à la place rythmique qu'elles occu-pent ; la volonté du poète n'y peut plus rien. Puis, comment assimiler *pas* de l'hémistiche à *fait* qui porte un accent secon-daire ? Tout cela est d'une prodigieuse inexactitude.

L'auteur pose cet axiome : « Le vers ne peut avoir moins de trois fortes » (ce qui est d'ailleurs contestable malgré les raisons qu'il en donne) et ne voulant trouver que deux fortes dans ces vers de Lamartine :

> Et son *cœur* qu'une lampe *éclaire*,
> Réson*nait* comme un sanctu*aire*
> Où reten*tit* l'hymne éter*nel*...

il ne voit point que le premier en a parfaitement trois :

> Et son *cœur* qu'une *lampe éclaire*.

Que M. Savarit aille dire lui-même ce vers sur l'appareil enregistreur du Laboratoire de Phonétique expérimentale et il verra si *lam* n'est pas une forte !

II

LE RYTHME VIVANT ;
SES CONDITIONS VERBALES ORGANIQUES ;
NOS FORMES PRINCIPALES CONSCIENTES

19. En somme, les uns et les autres avancent dans leurs lectures comme dans un dédale de chambres fermées : après avoir pénétré dans une pièce, ils ne voient plus les précédentes, ils referment sur eux la porte qu'ils avaient ouverte. L'un découvre l'*accent*, l'autre le *groupe numérique* ; celui-ci s'emprisonne dans le *vers*, celui-là dans la *strophe* : des cloisons s'interposent qui leur empêchent de prendre une conscience entière et simultanée de tous les éléments.

D'où viendrait ce singulier phénomène ? cette marche dédalienne des poëtes à travers leur propre technique ? Évidemment d'abord du manque d'apprentissage, principalement de leur peu de lumières sur la nature et le rôle de l'accent générateur en français, et ce qui en découle : toute l'extension poétique possible de la mise en matière du rythme. Aussi m'est-il apparu que pour renverser nos cloisons, il fallait considérer les éléments du rythme dans toutes les manifestations de l'expression verbale, en partant des sources naturelles à n'importe quel langage. Rentreraient dans les moyens du poëte tous les degrés du mouvement émotionnel conformes au génie du français. Une connaissance plus précise de nos éléments au lieu de restreindre nos « limites » doit les étendre. Essayons un résumé sommaire et clair.

20. Le langage est mouvement, mais un mouvement ou une onde organisée. Tout mouvement organisé est rythme. La définition fondamentale qu'on donne du rythme dans tous les traités

est celle-ci : « Le rythme est dans le temps ce que la symétrie est dans l'espace ». Rien n'est plus erroné. Tant qu'il y a symétrie il n'y a pas rythme. La durée même n'est point perceptible. La perception dépend d'un rapport entre deux points différents. Le rythme naît d'une rupture, des inégalités perçues sur la ligne de la durée. Ces inégalités ont des retours ; mais ces retours ne peuvent eux-mêmes se répéter trop, sans modifications et transformations successives, sous peine de reconstituer un isochronisme en dehors de la vie.

Ainsi le sentiment du mouvement rythmique, né de successives ruptures dans la symétrie, est produit par des périodes de ces ruptures, par des retours ; mais ces retours ne restent pas expressifs dans une répétition continue. Le mouvement n'est vivant qu'instable et personnel, même dans l'imposition des mesures fixes (¹). Restant mouvement à la fois conscient et vivant, le rythme est entre les ondes un balancement dont l'équilibre est dans ce balancement même, et dont la résolution complète peut être, suivant l'usure des formes et la finesse de notre œil ou de notre oreille, indéfiniment reculée.

Nous dirons donc :

Le rythme est une ordonnance variable de l'espace ou du temps dont les coupes plus ou moins équivalentes et rapprochées — qui, dans la parole, dépendent de notre émotion — n'ont entre elles que peu ou point d'égalité temporelle, numérique, intensive (²).

(1) M. Rousselot a constaté expérimentalement qu'un chanteur de talent ne gardait aucune exactitude mathématique ni dans la tenue ni dans la hauteur musicale de la note. (*Principes*, Tome II, p. 1098) ; et ce pour le plus grand bien de l'expression.

(2) Notre définition est en opposition presque complète avec celle de M. Paul Verrier : « Le rythme est constitué par une division perceptible du temps ou de l'espace en intervalles sensiblement égaux. » (*Essai sur les principes de la métrique anglaise*. H. Welter, éd. 1909, Tome II, p. 3). M. Paul Verrier prétend prouver que le rythme est soumis à un isochronisme absolu qui, suivant nous, est contraire à sa nature, tout au moins vivante, ou qui, lorsqu'il se rencontre, n'a qu'une importance secondaire. — L'œuvre considérable de l'auteur n'en est pas moins fort riche par ses à-côtés.

En supprimant le mot « périodique », nous accepterions la définition de M. Rousselot :

« Le rythme est le retour (périodique) de pieds, de coupes, d'incises, de phrases, dont la mesure est réglée, d'un côté par les variations de l'effort articulatoire et les limites de l'expiration, de l'autre par le besoin d'expression et les exigences de la pensée ». (*Principes*, T. II, p. 1089).

Cette définition large est féconde en ce qu'elle met en valeur la *formation* organique du rythme verbal plus que ses *résultats* ; mais ce sont les résultats qui, avant tout, importent aux poètes.

Il y a émotion dès qu'il y a vie.

21. Comme le rythme spatial, par les élévations successives des ondes qui le transmettent, le rythme temporel dans le langage nous est rendu sensible par l'élévation, l'appui, l'allongement de la voix sur certaines parties du mouvement syllabique. Cet appui aigu ou allongé est l'accent. Il est impossible qu'un langage échappe à cette loi. La seule différence entre certaines langues est que chez les unes l'accent du mot grammatical a plus de force et plus de fixité que chez les autres. Mais chez ces dernières, l'accent du mot n'en existe pas moins — nous avons vu qu'en français il est en principe sur la dernière syllabe non féminine — pour se reporter sur la syllabe du groupe verbal rythmé par notre sentiment. Les groupes verbaux d'accent en accent produisent des figures numériques plus ou moins représentatives, plus ou moins conscientes. Chacun d'entre nous distribue les groupes de son verbe selon une manière qui lui est propre, en rapport avec sa nature et avec son sentiment.

Aussi précise que mobile, l'accentuation du français échappe par sa justesse même. De ce qu'elle n'est point sommaire ni brutale, on lui dénie aujourd'hui encore toute forte existence, temporelle ou intensive. Je lisais sous la plume d'un des meilleurs critiques de la presse quotidienne, M. Paul Souday (*L'Eclair*, 23 déc. 1910), à propos du *Roméo et Juliette* de M. Louis de Gramont : « Le traducteur avait déjà eu le tort de traduire *Jules César* en vers blancs, ce qui est une monstruosité dans notre langue *dépourvue de longues et de brèves et faiblement accentuée* ; le vers blanc en français n'est qu'une langue emphatique et monotone. » Laissons le vers blanc, qui pour d'autres raisons, tel qu'on l'a compris en diverses tentatives, peut être contestable, et retenons cette méconnaissance absolue de notre richesse accentuelle. Elle est jugée *faible*, parce qu'elle est *fine*, parce qu'elle est souple dans la force : toute l'erreur vient de là.

Telle est la matière rythmique commune à toutes les formes et à tous les moments du langage français.

22. La conséquence apparaît aussitôt : il n'y a pas d'antago-

nisme à créer entre ce qu'on appelle *prose* et ce qu'on appelle *vers*. Il n'y a pas une différence de *nature* entre la prose et le vers ; il n'y a que des différences d'*états* (¹). La prose est langage, par conséquent mouvement, par conséquent rythme. Mais comment extraire de cette matière, pour constituer un art, une technique déterminée ? Par la mise en valeur d'effets *conscients*. Ce qui sépare du rythme naturel du langage le rythme poétique est un état de conscience plus rigoureux, qui ne laisse rien perdre des figures vivantes de notre émotion.

23. Ces figures du mouvement peuvent obéir aux états les plus divers, en imposant un ordre initial flottant ou resserré, selon la prédominance de l'abstrait sur le sensuel, de la période logique sur la période rythmique, selon la place et le nombre des accents principaux, selon la longueur du souffle commandé. Et en serrant de près la matière exacte d'une composition rythmique française, nous arrivons à cette formule d'ensemble dont on excusera le déroulement méticuleux, mais nécessaire :

Le rythme verbal est un équilibre de sons, de souffles et de bruits entre diverses durées articulatoires et expiratoires, lesquelles comportent une alternance ou une succession de groupes numériques libres de brèves et de longues, — puis, spécialement dans l'expression poétique consciente, de groupements plus ou moins étendus et avec plus ou moins de retours de ces groupes, déterminés les uns et les autres par l'accent tonique d'intensité suivant le sens émotionnel.

24. Si nous convenons d'appeler *prose* l'état le plus lointain de la subconscience où le langage ne garde que juste ce qui lui est nécessaire de vie rythmique pour être transmis, et si nous conve-

(1) *Où nous en sommes*, note p. 134.
Il ne faudrait pas rapprocher cette constatation de la phrase trop souvent citée de Mallarmé : « En vérité, il n'y a pas de prose : il y a l'alphabet et puis des vers plus ou moins serrés, plus ou moins diffus. Toutes les fois qu'il y a effort au style, il y a versification. » C'est trop dire ou pas assez ; cela prête à des confusions dangereuses pour l'art de la composition rythmique dont les multiples *états* n'existent qu'en détruisant la virtualité de la prose. — Lorsque je disais dans *Où nous en sommes* : « Le vers libre est la parole même dans toute sa force d'origine », je voulais dire : est l'expression verbale ramenée au plus près de l'émotion physiologique primitive et de son mouvement naturel, avant toute détermination de la langue et de ses formes générales, *prose, vers*, etc...

nons d'appeler *mètre* l'état le plus volontaire où une conscience trop étroite aura pétrifié dans une symétrie morte la mobilité des ondes, le clavier du poète devra s'étendre sur tous les états du *rythme* compris entre ces deux extrêmes. Toute manifestation tend à son extrême pour revenir à son point de départ. La *prose* tend au *rythme*, le rythme au *mètre*, le mètre au *rythme* (¹). En divisant notre clavier par parties générales sans valeur absolue, nous pouvons obtenir ainsi : 1º *La prose rythmée*, 2º *le verset*, 3º *la laisse rythmique*, 4º *le mètre libre*, 5º *le rythme strophique*, 6º *la strophe métrique*, — progression continue des divers états conscients auxquels se prête le dynamisme du langage, sous l'impulsion expressive, spécialement poétique. Précisons ces états l'un après l'autre.

25. La prose rythmée. — *La prose rythmée est un état semi-conscient, dans lequel une équivalence approchée entre les longueurs de l'expiration prédomine sur le jeu voulu des accents, qui intervient ou non de loin en loin. La période logique garde toute son autorité.*

1º Simples balancements ou équilibres des mouvements respiratoires (²) :

La Morvande se sauva dans l'atelier de menuiserie de son *homme*. | Elle s'étendit sur les co*peaux* et longtemps demeura sans rien *dire*. | Du bran de *scie* se col*lait* à son visage en *sueur*. | Machinale*ment*, d'un copeau elle se faisait une *bague*. | Les yeux *secs*, elle poussait toutefois de gros soupirs tenant du san*glot*. |

JULES RENARD. — Coquecigrues.

2º Équilibres analogues entremêlés d'un jeu d'accents :

Les paroles que j'adressais à cette *femme* auraient rendu des sens à la vieil*lesse* | et réchauffé le marbre des tom*beaux*. | Ignorant *tout*, sachant

---

(1) Dans tous les ordres du mouvement, quels que soient les phénomènes différents de la *mesure* et du *rythme*, la mesure du *mètre* est un rythme par elle-même, et le rythme s'identifie à la mesure dans un grand nombre de cas simples.

(2) Par les syllabes en italiques qui marquent les accents du rythme, nous n'avons pas retenu, jusqu'à ceux du mètre libre, tous les accents possibles, mais seulement quelques principaux. Et il est bien entendu que ceux même qui sont marqués dans la prose rythmée, le verset et, la plupart du temps aussi, la laisse rythmique n'ont pas du tout la valeur qu'ils prennent à partir du mètre libre. Le véritable accent rythmique conscient dans les trois premiers états coïncide avec la barre d'arrêt du sens logique et de la reprise respiratoire.

tout, | à la fois vierge et *amante,* | Eve inno*cente,* Eve tom*bée,* | l'enchanter*esse*
par qui me venait ma *folie* | était un mé*lange* de mystères et de pas*sions.* |
CHATEAUBRIAND. — *Mémoires d'Outre-tombe.*

26. Le verset. — *Le verset est la forme métrique de la prose
rythmée. Sans poursuivre non plus les images étroites de
l'accent, il ramasse et balance davantage des périodes brèves. Le
verset est la stance de l'abstrait.*

1° Equilibres entre plusieurs équivalences inégales :

Jadis j'ai vu mon père et ma *mère,* | votre père aussi et votre *mère,* Coût
fon*taine,* | paraître sur l'échafaud en*semble,* |
Ces quatre figures saintes à la *fois* qui nous regar*daient,* | liées comme des
vic*times,* | mes quatre pères et mères que l'on a abat*tus* ! l'un après l'autre
sous la *hache* ! |
Et quand ce fut le tour de ma *mère,* | le bourreau roulant autour de son
poing la queue de cheveux *gris,* | lui tirait la tête sous le *couteau.* |
PAUL CLAUDEL, *L'otage,* sc. I. (1)

2° Equilibres par deux équivalences presque égales :

O *Georges,* quoi de plus *clair* qu'un *voleur* | et que veux-tu savoir en*core* ? |
Heur*eux* qui a quelque chose à don*ner.* | car à celui qui n'a *pas* on ôtera
même ce qu'il *a.* |
Heur*eux* qui est dépouillé injuste*ment,* | car il n'a plus rien à craindre de
la jus*tice.* |
Celui qui n'accepte pas le *mal,* | comment recevra-t-il le *bien* ?... |
PAUL CLAUDEL, Idem.

27. La laisse rythmique. — *A la différence de la prose rythmée et du verset, la laisse cherche consciemment la continuité dans
les équivalences du souffle expiratoire, mais sans ramasser les
périodes logiques. Elle ne prétend à aucune combinaison systématique de l'accent. Elle va de l'abandon le plus allongé jusqu'à toucher le mètre libre et le rythme strophique.*

1° Equilibres abandonnés sur la plus grande longueur d'une
haleine.

Commandements de *Dieu,* vous avez endolori mon *âme.* |
Commandements de *Dieu,* serez-vous dix ou *vingt* ? |
Jus*qu'où* rétrécirez-vous vos *limites* ? |
Enseignerez-*vous* qu'il y a toujours plus de choses défen*dues* ? |
— De nouveaux châti*ments* promis à la *soif* |
De *tout* ce que j'aurai trouvé *beau* sur la *terre* ? |
Commandements de *Dieu,* vous avez rendu ma*lade* mon *âme.* |
Vous avez entouré de *murs* les seules *eaux* pour me désaltérer. |
ANDRÉ GIDE. — *Les Nourritures terrestres.*

(1) *La Nouvelle Revue française,* 1er Déc. 1910.

3

2° Equilibres plus fermes sur des longueurs moyennes :

> Il n'évoquait celui d'aucun fruit de nos *terres* :
> Il rappelait le *goût* des goyaves trop *mûres*. |
> Et la *chair* en semblait passée : |
> Elle laissait *après* l'âpreté dans la *bouche* : |
> On ne la *guérissait* qu'en remangeant un fruit *nouveau* : |
> A peine *bientôt* si seulement durait leur *jouissance* |
> L'*instant* d'en savourer le *suc* ; |
> Et cet *instant* en paraissait tant plus *aimable* |
> Que la fadeur *après* devenait plus nauséabonde. |
> La *corbeille* fut vite *vidée*. . . |
> Et le *dernier* nous le *laissâmes* |
> *Plutôt* que de le *partager*... |

André Gide. — Idem.

3° Equilibres assurés par des moyennes égales liées de rimes :

> L'abbesse pâle et *frêle* lui disait, ainsi, |
> En lui flattant le *cou* de sa main posée, |
> Le rêve *rêveur* de son ancien *souci* : |
> « Bel *ours*, ma vie et la *tienne* sont *mêmes*. |
> Et c'est pour *cela* que je *t'aime* et tu *m'aimes*. |
> Je vivais *aussi* dans le calme des *bois*. |
> Dans le vert donjon de mon *père*, *ami* : |
> Nul bruit de *guerre* n'y mettait l'*émoi*. |
> Et il n'est pas de *nuit* où je n'aie *dormi*. |
> *Calme* auprès de ma *mère* à *moi* : |
> *Toi*, tu *vivais* dans la forêt *bleue*, |
> Dis-*moi*, bel *ours*, tu vivais *heureux*?
> — Et elle *lisait* dans ses yeux *levés*
> Le calme *rêve* de la forêt. |

Francis Vielé-Griffin. — *L'Ours et l'Abbesse*.

28. Le mètre libre. — *Le mètre libre recherche le même balancement, souvent renforcé de la rime, entre les temps du souffle, mais en rendant cette équivalence tributaire d'un nombre fixe d'accents rythmiques indépendant du compte des syllabes. — Suivant les cadences de la rime ou le plus ou moins d'accord entre les figures numériques, le mètre libre peut rejoindre la strophe.*

1° Mètre sur quatre accents :

> Si ce sont *eux*, je rallumerai la *flamme* du foyer |
> Pour que s'y *chauffent* les *pauvres* que personne n'a choyés, |
> Et la *porte* ouverte à leur *soif* et à leur *faim*, |
> Je leur *verserai* le *vin* et je leur briserai le *pain* |
> Jusqu'à ce que les *huches* soient *vides* et les verres *pleins*. |

Stuart Merrill. — *Les Quatre Saisons*, Les Poings à la porte.

2° Mètre sur trois accents :

> Ainsi *soit-il*, pauvre *femme* sanglante. |

Qu'une sœur, qui sait ta *noire* histoire *pleure,* |
Ce *soir* de brises légères et de *fleurs,* |
Comme si elle vou*lait* par un *chaste* marché |
Porter à *Dieu* le *poids* de tes péchés. |

Stuart Merrill. — Idem. A une prostituée.

3° **Mètre sur trois accents** distribué par les périodes et par les rimes en strophes :

Le soleil lé*ger*, si dépou*illé*, de l'au*tomne* |
Sou*rit* dans les col*lines* de *vignes* : |
Le *sol*, que le gel va re*prendre*, *sonne*, |
Et tout le pays est en *molles lignes*. |

Les maisons *basses*, aux longs toits pen*chés*, en *tuiles* |
Que le *temps* fit de ma*tière* pré*cieuse*, |
Sont as*sises* dans leurs jar*dins*, loin des *villes*, |
Si *quiètes* d'être en*fin* silen*cieuses*. |

Elsa Kœberlé. — *Canal*. (1)

Nos poètes n'ont pas très bien compris les ressources de cette forme ; ils en ont usé très rarement, et mal. M. Stuart Merrill, qui est plus métricien que rythmicien, et qui l'a employée à peu près seul d'une façon systématique, l'a insuffisamment dégagée trop souvent d'un syllabisme artificiel.

29. Le rythme strophique. — *La prose rythmée, le verset, la laisse rythmique ne s'occupent qu'accidentellement des combinaisons de l'accent : chacun de ces modes les laisse se perdre dans le courant du souffle ; dans le mètre libre l'accent précise seulement des équivalences approchées. Le rythme strophique a pour caractère principal de mettre en relief les moindres images du mouvement par toutes les formes temporelles et intensives de l'accent, par les figures numériques qu'il compose, par les plus fines ressources de l'harmonie. — Jusqu'ici les équivalences respiratoires dominaient le rythme, maintenant le rythme commande à la respiration. — Le rythme strophique ne constitue pas toujours à proprement parler une strophe ; il participe de la laisse, lorsqu'il s'allonge, et que ses cadences sont plus lointaines, du mètre libre lorsqu'avec des accents en nombre fixe l'expiration s'égalise.*

____

(1) *La Phalange*. 20 Nov. 1910.

1° Rythmes strophiques allongés (1).

Mélissa, que pensais-*tu* de *moi* ?	3 +4-2
— Impériale (2) et *nue* —	3 + 2
Lorsque sans *duvet* à ma *lèvre* émue,	1-4+3-2
J'élevai sur l'*orgie* inattentive	3-3-4
Ma voix *bègue* et sans *art*	3+3
Avec sa parole hâtive	5-3
Où la syllabe s'embarrasse,	4-4
Arrive tard	2+1
Après le *rire* qui léger, la dépasse,	4+3-3-
Se retourne et l'accable ?	3-3
Je m'étais dressé au bas *bout* de la *table*.	3-2+3-3
Appuyé, fébrile, au pilier proche ;	3-1+4
Un buveur, glabre, vautré à ta gauche,	4+2-3
Dans une malédiction sonore :	1-3-2-2
Lança sa *coupe* demi-*pleine* encore	4+3-2
De vin lourd et de bare ;	3-3
Elle m'atteignit au *front*, tranchante comme un *glaive*,	4-2 +2-4
Mêlant sur le laurier ironique et divin,	2+4-3 3
Dont m'avait affublé *telle* de tes esclaves,	3-3-1+4
Le *sang* au *vin*.	2-2
Sa bassesse à mon rêve.	3-3

Francis VIELÉ-GRIFFIN. — En Arcadie, le Rêve de Mélissa.

---

(1) Quand les syllabes en italiques qui portent l'accent du rythme sont terminées par des « muettes » en caractère romain, c'est que ces muettes se prononcent plus ou moins, c'est qu'elles comptent dans la figuration du mouvement. Dans les mots non frappés d'accent rythmique, la muette compte ou non, suivant qu'elle porte ou ne porte pas le signe de la durée.

Les chiffres en marge indiquent les groupes numériques composés par l'accentuation *intensive*, en italique, qui donne la variété du rythme. Le chiffre suivi d'une croix est celui dont la dernière unité porte l'accent intérieur le plus fort ; c'est celui dont la figuration est la plus importante pour les rapports des groupes d'une ligne à l'autre dans leur déroulement strophique.

Cette notation est sommaire ; elle ne serait complète qu'avec la mise en valeur des à la ligne, des blancs, des pauses dont le rôle rythmique considérable a été jusqu'ici tout à fait négligé par les techniciens.

(2) Voir pour le traitement des diphtongues l'APPENDICE III.

En ce *soir* de prin*temps* mouillé, — 3+3-2

de si *loin* que m'arrive sa *vague* tiède, — 3+3-2-2

de *tel* Orient chéri, — 2+2-2

regretté... — 3

de *tel* que je *rêve*... — 2+3

du *fond* de *tant* de jardins inconnus, — 2+2-3-3

mieux fleuris — 1-2

sous une plus *pleine* lumière. — 4+3

de *tous* les para*dis* perdus — 2+4-2

de la *terre*... — 3

je *dis* : — 2

« Soit ! — 1+

arômes vertigineux, — 2+5

baignez-moi ! — 1+2

dansez pour moi — 1+3

la *danse* bleue des seghias — 2-2+3

brune des palmes ! — 1+3

HENRI GHÉON. — *Foi en la France.* ([1])

2° Strophes proprement dites.

« Vos chansons, dit-*il*, mon en*fant*, tournent dans l'air — 3-2-3+1-3

D'un *souple* vol aisé, — 2-2-2

Comme sur l'*herbe* cette *ronde* de *filles* ; — 1-3+4-2

Ton *art* est joli, *frêle* et trop facile : — 2-3+1-4

Ta *rime* sonne à *peine* comme un baiser : — 2-4+4

Ta *muse* est trop agile — 2-4

A *fuir* vers les *saules*. » — 2-3

Je l'écou*tais*, car j'aime sa *parole* — 4+2-4

Et son esprit subtil. — 4+2

FRANCIS VIELÉ-GRIFFIN. — *En Arcadie.* La Coupe.

([1]) *La Nouvelle Revue française*, 1er juillet 1910.

Aspire t-elle, émule des sœurs Piérides,   4-2-4

au grand sourire d'Uranie ?   4-4

La folle ! elle est faible, fuyante, mortelle...   3+3+2-2

Mais vois ! elle lutte, elle agite ses ailes   2+2+3-3

et s'élance dans l'ombre aux errantes images   3-2+3-3

et plane, et lutte de l'aile encore   2+2-3+2

vers la nue et le vide vertige et l'espace   3+5+3

où se brise soudain son essor...   3-2+3

ALBERT MOCKEL. — La Luciole (¹).

Saine ivresse quotidienne,   3+3

si connue   3-

que le cœur ne s'en défie point,   3+5

jour après jour,   1-3

je l'aurais bue   4

comme sans amour   4-

— et mon cœur est plein :   3+2

plus d'autre soif,   2-2

plus d'autre faim   2-2

quand le vent passe !   1+3

HENRI GHÉON. — Foi en la France.

Chacun de ces exemples pourrait être l'objet d'un examen fructueux. Mais la notation est suffisante pour que la sagacité du lecteur saisisse toutes les correspondances désirées.

30. Quelques remarques seulement. Bien que les rythmes entre-coupent la respiration au gré de leur puissance émotionnelle, les prises respiratoires ont tendance à s'équilibrer par intervalles réguliers de trois ou quatre groupes accentués, cinq au plus, ainsi :

> Mélissa, que pensais-tu de moi ?
> — Impériale et nue — |
> Lorsque sans duvet à ma lèvre émue |

<hr>

(1) La Phalange, 20 mai 1911.

> J'élevai sur l'orgie inattentive
> Ma voix *bègue* et sans *art.* |
> Avec ma parole *hâtive*
> Où la syllabe s'embarrasse... |
> Etc...

Dans le premier exemple, après ces belles figures métriques,

> Je m'étais dressé...
>
> Appuyé, fébrile...

la suite *au pilier proche* pourrait naturellement être notée :

> Appuyé, fébrile, au pilier *proche*

avec une longue sur *pi* (antépénultième du mot métrique : *au pilier proche*) qui aurait, semble-t-il, l'avantage d'éviter les deux fortes *lier proche ;* mais cette dernière accentuation est préférable parce qu'elle fait image. La même forme se retrouve d'ailleurs dans le groupe suivant : un *buveur, glabre.* Nous croyons être parvenu à rythmer « *dans une malédiction sonore* » qui, quand même, demeure très mauvais.

Les derniers groupes du troisième exemple nous offrent une leçon délicieuse du déplacement de l'accent amené par la nécessité de l'image rythmique. Qu'on les lise sans appuyer la voix sur la forte initiale, et vous verrez ce qu'il en reste.

31. La strophe métrique. — *Les correspondances des pieds rythmiques devenant métriques sont dans le rythme strophique passagères ; la strophe métrique entend établir des égalités simultanées et successives avec tous les éléments du rythme : la respiration, l'accentuation, le numérisme. — Le syllabisme est accessoire.*

1° **Strophes métriques peu syllabisées.**

Le rêve chuchoté des *feuilles grises*	2 - 4-2-2
Dénonce, avec un *rire*, la *moindre brise*.	2 - 4-2-2
Et on la *sent* qui *passe, toute* embaumée	4-2 - 1-3
De quelque amour, *encor!* de fleur *pâmée*...	4-2 - 4

L'année adolescente, d'un geste gauche,   2-4+2-2
Renoue, en sanglotant, sa tresse lâche   2+4-2-2
S'impatiente, et rit, pleure, et se fâche   4-2-1+3
Dans l'ombre diaphane ;   2-4
J'entends la Mort qui fauche   2-4
Avec l'Amour qui fane.   4-2

FRANCIS VIELÉ-GRIFFIN. — *Fleurs du Chemin et Chansons de la Route.* Juin.

Elle s'avance, comme je viens,   1-2+1-2
A petits pas, dans le silence,   4+4
La belle nuit bleue : regarde-moi bien.   2-3+2-3
Elle s'avance comme je viens.   3-4
Très lasse et lente, et languissante,   2-2+2+2
— Quel ange entend la fleur qui croît,   2+2-2-2
La branche et l'ombre qu'elle balance.   4+4
Quel ange entend la nuit qui chante ?   2+2-2+2
Regarde-moi bien : elle c'est moi ;   2-3+1-2
Je suis la belle nuit qui danse.   2+4+2

CHARLES VAN LERBERGHE. — *La Chanson d'Ève*, La Faute.

2° Strophes métriques rigoureusement syllabisées.

Et toi, la mère en relevailles,   2+2-4
tu te dresses...   3
tu prends ton peuple à pleines mains.   4+4
tu le presses.   3+
tu le tends   3
de tout ton élan   2-3
à demain,   3+
à l'ardeur des prochaines aubes   3+3-2
moins pâles...   3

HENRI GHÉON. — *Foi en la France.*

— ◡ ◡ — ◡ —	
Siffle la *faux*, *saignent* les *fleurs*,	1-3 + 1-3
◡ ◡ — ◡ ◡ —	
Voici le *soir* de la *grand'lune* ;	4 + 4
— ◡ — ◡ ◡ —	
Vienne la *nuit*, *pleurent* mes *sœurs*,	1-3 + 1-3
◡ — ◡ — ◡ ◡ —	
Les *fleurs* ont *chu* l'une après l'*une*.	4 + 4
— ◡ ◡ — — ◡ ◡ —	
Tourne le *rouet*, *dorment* les *vieux*,	1-3 + 1-3
◡ ◡ ◡— ◡ ◡ ◡ —	
C'est un *linceul* qu'on *tisse* en l'*ombre* :	4 + 4
— ◡ ◡ — — ◡ ◡ —	
Tremblent les *poings*, *clignent* les *yeux*,	1-3 + 1-3
◡ — ◡ — ◡ — ◡ —	
Les *morts* sont *là*, mes *sœurs*, en *nombre*.([1])	2-2-2 + 2

Stuart Merrill. — *Les Quatre Saisons*, La mystérieuse chanson.

Les poètes se gardent bien de répéter successivement avec rigueur des strophes analogues ; le plus souvent, ils les font intervenir dans le courant du rythme strophique. M. Adrien Mithouard a usé toutefois avec insistance, et heureusement, dans *le Pauvre Pêcheur* de strophes métriques particulières, mais avec une préoccupation trop extérieure de la symétrie et du syllabisme.

32. Sans aller plus avant dans l'analyse rythmique, il faut cependant nous arrêter, à travers quelques-uns de ces exemples, sur une question à la fois secondaire et capitale, celle des syllabes douteuses, particulièrement de l'*e* dit muet dont nous avons constaté déjà le traitement variable. On a vu que l'expérimentation permet enfin de s'assurer de ses valeurs exactes, qui présentent tous les degrés de sonorité et qui, par conséquent, se prêtent comme viennent de le démontrer nos citations, aux plus diverses nuances du rythme.

Si cette question est secondaire, puisque en effet le rythme dépend avant tout des accents et de leur succession, elle n'en est pas moins capitale, puisque avec la nature des groupes numériques, distribués entre les accents et par eux, intervient un élément qui change le rythme dans sa couleur et ses nuances. Il n'est pas indifférent qu'entre les accents le nombre des temps soit pair ou impair, que deux longues se suivent, qu'une croche remplace

---

([1]) Dans le poème les strophes métriques sontséparées par des laisses d'un mètre libre sur trois accents. (Voir l'Appendice VII.)

une double croche. etc... On doit donc attacher autant d'importance au jeu des muettes qu'à celui des accents. D'après certains,
il n'y aurait pas lieu de s'en inquiéter, les différentes valeurs des
e se distribuant d'elles-mêmes avec euphonie lorsque les accents
sont bien placés. Cela revient à dire qu'intuitivement le poète
qui sait son métier en résoud les problèmes dans l'exécution instinctive. Et c'est entendu, et l'on ne saurait trop le redire... Mais
pour qu'il sache son métier, il doit d'avance se préoccuper autant
des conditions organiques qui s'imposent aux sonorités diverses
de l'*e* qu'à la nature de notre accentuation française, il doit *composer* autant avec les variétés numériques, particulièrement avec
celles de l'*e*, qu'avec les accentuelles. Et c'est faute de ce double
soin que tant de novateurs ont imparfaitement abouti, que les
uns sont retombés dans la numération mécanique. que les autres
en ne se fiant qu'à l'accent ont brodé sur le tissu de leur rythme
des dessins trop lâches.

33. Précisons par quelques illustrations objectives.

Le troisième vers de la « strophe » de M. Francis Viélé-Griffin :

Comme sur *l'herbe* cette *ronde* de *filles*

est très curieux au point de vue du traitement des muettes en
contradiction forcée avec la prononciation courante. « *Comme* »,
d'habitude, est un proclitique bref qui se lie invinciblement au
groupe qui le suit. de la même manière, en dépit de notre ortho-
graphe, qu'au temps de Charles d'Orléans : « Blanche *com* lys,
plus que rose vermeille » ; la tonique rythmique « her », très
longue par position suffirait à ne pas tenir compte de la muette
du mot « *herbe* », bien que celle-ci soit toujours très sensible,
ainsi que cela se produit après des labiales ; « *cette* » est un
proclitique. encore plus bref que « comme » et dont la muette
moins influencée qu'après une nasale *m*. ne se prononce guère :
l'*e* de « *ronde* » seul subit un traitement normal par son
absorption naturelle dans la rencontre des deux dentales et d'un
autre *e*. Or lisez :

Comme sur *l'herbe*, cette *ronde* de *filles*

et il ne reste rien de l'image du mouvement, de la danse aux pas menus, bien alternés des fortes et des faibles, terminés par de léger saut de *rond* (*e*) *de*, rapide.

Il faut bien se garder de confondre ces nécessités du rythme avec les suggestions machinales de la langue écrite qui font compter mécaniquement toutes les syllabes sur le papier sans s'inquiéter de leur nature et de leur valeur dans le mouvement. Les phénomènes de l'*œ* moyen, dit féminin, sourd ou muet, sont inhérents, avec leurs nuances, depuis le syllabisme le plus franc, jusqu'à l'évanouissement le plus complet, à toutes les formes orales, aussi inconscientes soient-elles, du langage français. Mais il se trouve que les mots à terminaison féminine sont dans la langue écrite en si grand nombre que les poètes n'ont pas besoin d'avoir recours aux allongements des chansons populaires (*cœur(e*) *mignonne*) ou des prononciations normales bien qu'erronnées (*lorseque*, *Félixe Faure*).

La strophe de M. Albert Mockel réunit avec toutes les délicatesses toutes les difficultés de l'*œ* moyen. Retenons en particulier le troisième vers où les *e* de *faible* et de *fuyante* se prononcent certainement sans pouvoir être d'aucune valeur syllabique ou plutôt rythmique : ils sont annihilés par la pause qui les suit, exactement comme l'*e* de *mortelle*. Qu'on dise en un seul mot, d'un trait : *fuyant(e*) *mortelle* sans une longue sur *an*, sans *œ* moyen, sans pause, et l'on fait un contresens. Le quatrième vers nous montre combien toute scansion est grossière, combien mille finesses échappent à ses signes. Il eut été impossible de noter : *elle lutte*, et cependant il n'y a pas fusion complète des *l*, il demeure une vibration intermédiaire, où un soupçon d'*e* persiste. Inutile de nous arrêter sur les différences de vitesse des deux hémistiches du cinquième vers, différences qui commandent les deux valeurs opposées de *s'élance*(*e*) et d'*errantes*. Malgré la succession des deux *œ* de du sixième vers, l'image du vol incertain n'impose-t-elle pas la syllabation de ces brèves inégales ?

Insistons enfin sur la distinction capitale à propos de l'*œ* moyen entre l'*unité syllabique* et le *temps rythmique*. Nous avons vu au début de cette étude que toute muette finale tendait à devenir syllabique lorsqu'elle était précédée d'une longue ; mais que cette longue soit une des principales toniques du rythme suivie d'une pause, et la syllabe demeure sans constituer un temps du rythme, ainsi :

> Arrive | tard
>
> Après le *rire* | qui *léger*, la *dépasse*...
>
> Lança sa *coupe* | demi-*pleine* encore...
>
> Ta *rime* sonne à *peine* | comme un baiser...

C'est en somme le même phénomène si juste, si naturel, qui se produisait dans la versification du moyen-âge, lorsque la muette n'était pas plus comptée à l'hémistiche qu'à la fin du vers ; et c'est le même qui se produit dans la versification graphique d'aujourd'hui, lorsque la muette suivie d'une pause ne peut subir l'élision par la voyelle initiale du mot suivant :

> Alors il se soulève, ouvre son aile au vent.
>
> ALFRED DE MUSSET.

La strophe de M. Albert Mockel contient deux exemples typiques de ces élisions fausses qui apportent une preuve de plus sur le rôle secondaire du syllabisme dans la constitution du rythme, par conséquent sur la souveraineté de l'accent générateur :

> La folle ! | elle est faible...
>
> et plane, | et lutte...

en notant par 3 la valeur de l'*e* de *plane* et par 1 seulement celle de l'*e* de *folle* suivant la nature des consonnes dont ils dépendent.

Il est même arrivé à Malherbe, en n'élidant pas la muette de commettre un *octosyllabe* de cette sorte :

> Quand on parle avec raison.

La force de la longue rythmique *par* avait entraîné le poète à détacher l'*e*.

A remarquer dans le second exemple des strophes métriques la différence d'accentuation entre la première ligne,

Elle s'avance, comme je viens,

et les mêmes groupes trois lignes plus loin

Elle s'avance comme je *viens.*

Dans le premier cas, on ne connaît point encore l'*elle* mysté-rieuse ; chaque pas lent d'Eve et de la Nuit se détache peu à peu avec des pauses, — et la pause supprime le glissement de la muette qui, au contraire, reprend une valeur dans le mouvement continu du deuxième cas.

Les derniers groupes de la strophe métrique de M. Henri Ghéon présentent une particularité intéressante : le compte numérique de la muette finale appliqué à la ligne qui suit. Plus les rythmes sont courts, plus l'*œ* moyen prend de force, et terminal, tend à che-vaucher, suivant l'articulation de la consonne qui le commande, sur le groupe d'une autre ligne ([1]).

([1]) L'APPENDICE IV donne un résumé des diverses conditions de sonorité de l'*œ* moyen.

III

LA RYTHMIQUE NOUVELLE ET LA TRADITION

RÉFUTATIONS

34. Je n'ai pas trouvé sans peine les exemples à peu près parfaits et de création originale qui viennent d'être cités. Nos compositions rythmiques ressemblent encore trop souvent à ces terrains qu'on appelle en géologie des *poudingues*, conglomérats de vieux galets pris dans un jeune ciment. Tantôt nos rythmeurs obéissent vraiment à un rythme naturel, tantôt ils le subordonnent aux anciennes mesures qui dans le mouvement font placage. L'incertitude de leur métier est constante, provenant non d'un éclectisme à plus ou moins approuver, mais de la matière même. Leur prononciation après avoir été vivante et rythmique devient tout à coup graphique. Usant tour à tour de la langue écrite et de la langue parlée, ceux qui semblent distinguer le mieux le rôle de l'accent arrivent à le méconnaître, jusqu'à croire qu'il existe des mètres pairs et impairs d'après le compte des syllabes, ainsi :

Le paon *blanc* cri*ant* dans la nuit *bleue*	3 + 2 — 4
Où la *brise* éparp*ille* les *fleurs*	3 + 3 — 2
Des cerisiers *pâles* sur sa *queue*...	5 — 3

STUART MERRILL. — Une voix dans la foule, Le Paon blanc.

Le premier vers est un neuf syllabes, mais les deux autres sont des huit syllabes, même si les *e* moyens d'*éparpille* et de *pâles* se prononcent, comme en particulier pour *pâles*. Quelque effort qu'on fasse pour rendre les muettes non seulement syllabiques, mais numériques, les deux derniers vers n'ont aucun rapport de mouvement avec le premier, — ce qui n'empêche pas les groupes accentués d'accorder heureusement entre elles les lignes expiratoires.

35. C'est en effet le propre des bons poètes de retomber toujours sur leurs *pieds*. Il importe peu qu'ils atteignent un but en croyant en toucher un autre. Ils peuvent ne pas savoir ce qu'ils font, il suffit qu'ils aient une oreille juste. Puis l'oreille a des délicatesses intuitives qui dépassent toutes les constatations de l'analyse, si l'analyse de la raison permet seule de nous assurer des bases générales.

36. Par malheur, le tact et la justesse de l'oreille ne délivrent point de cette camisole de force qui a fini par supprimer tous les mouvements et qu'on appelle : l'*alexandrin*. Pour beaucoup, la composition rythmique n'est pas autre chose que ce que je lisais dernièrement, je ne sais plus où, du « vers libre » : un allongement ou rétrécissement du vieil alexandrin selon le dessein de la pensée !... C'est bien ce qu'il a été dans leur plus fougueuse jeunesse pour d'excellents poètes, réputés novateurs, comme M. Henri de Régnier et M. Émile Verhaeren. Le premier n'a jamais usé que de quelques variations métriques ; le second s'était approprié un mouvement populaire, assez libre et emporté, dont il semble avoir perdu complètement le sens dans ses derniers poèmes : l'alexandrin sans air, monocorde et compressif le tient tout entier. On croit créer un mouvement en distribuant de vieilles mesures ainsi :

> Mets ta chaise près de la mienne
> Et tends les mains vers le foyer
> Pour que je voie, entre tes doigts,
> La flamme ancienne
> Flamboyer...

Émile Verhaeren. — Heures du Soir (¹).

Subissant la facilité entraînante de l'habitude, on passe sans plus de l'alexandrin à l'octosyllabe symétrique. Combien il est

---

(1) *La Phalange*, février 1911.

désolant de voir de grands poètes appauvrir sans cesse leur art,
faute de vouloir en approfondir la matière !

On a pu se rendre compte que la technique nouvelle n'avait
aucun rapport avec ce simple allongement et raccourcissement
de l'alexandrin ou de l'octosyllabe. Mais quoi que nous inno-
vions, les uns et les autres nous nous laissons lier à chaque instant par des cadences rebattues. La prose rythmée de M. Maurice Maeterlinck n'est tissée que d'octosyllabes et d'alexandrins
mis bout à bout. M. Francis Vielé-Griffin lui-même n'échappe
pas aux « placages ».

37. Ce qu'il y a de plus grave, c'est que lorsque nous avons
trouvé une forme nouvelle adaptée à l'un de ces principaux états
du mouvement que je viens de délimiter, ou sa détermination
est insuffisante, mal soutenue, ou sa rigueur, comme dans le
cas de M. Henri Ghéon, est injustifiée dans toute la teneur d'un
long poème, à plus forte raison, d'un livre.

38. Cela ne veut pas dire que les résultats donnés jusqu'ici par
la technique nouvelle ne soient seulement que des points de
départ, cela veut dire que le caractère le plus fréquent de ces
résultats est dans des formules mixtes entre le mode ancien et le
nouveau, et à condition même d'éliminer les rythmeurs qui
n'ont pas fait avancer d'un pas personnel décidé les créations de
mouvement.

En se remémorant la double source extérieure de notre composition rythmique, née, pour l'origine contemporaine immé-
diate, du poème en prose de Baudelaire, puis de la prose métrique de Villiers de l'Isle Adam et de Mallarmé, en même temps
que du vers multiple ou fluide de Verlaine, dernier stade de
l'évolution historique apparente, la chaîne des véritables rythmeurs, avant 1900, n'a pas d'autres maillons que ceux-ci :
Arthur Raimbaud (*La Saison en Enfer*), Jules Laforgue, Gustave
Kahn, Francis Vielé-Griffin, Maurice Maeterlinck (*Chansons*, dialogues dramatiques, prose rythmée), Albert Mockel, Charles van
Lerberghe, Paul Claudel (*Drames*, prose métrique), Jean Thorel
(*Promenades sentimentales*, prose rythmée et métrique), André Gide

(*Les Nourritures terrestres*, prose rythmique), Tristan Leclère (Klingsor), Henri Ghéon.

Nous ne pouvons mettre avec ces poètes Jean Moréas, malgré *Le Pèlerin passionné*, qui par ses dernières œuvres détruisit de ses propres mains des tentatives rythmiques d'ailleurs très vagues. M. Henri de Régnier non plus, malgré les *Odelettes* et l'*Homme et la Sirène*, ne fut un rythmicien, ni M. Emile Verhaeren malgré *Les Apparus dans mes chemins* ou certaines *Heures claires* ; tous deux se contentèrent de disposer autrement les anciennes mesures. (Il va sans dire qu'il n'est point question de la *nouveauté poétique*, de l'écrivain poète, mais de l'artiste chanteur.) A part aussi doit être compté M. Stuart Merrill qui, au moins, chercha à innover dans la *métrique*.

A côté des autres vrais *poètes du mouvement*, plus ou moins créateurs, dont quelques-uns sont si peu connus sous ce jour, des chansonniers flottants comme M. Paul Fort, des marteleurs rustiques comme M. Max Elskamp, des modulateurs abandonnés comme M. Henry Bataille ont apporté la contribution de leurs manières dont les compromis n'eussent demandé que peu de chose pour enrichir vraiment la technique nouvelle. Tous les autres « verslibristes », pour la plupart imitateurs indécis, intermittents, ou définitivement infidèles n'ont pas d'existence propre sous ce rapport.

39. Depuis 1900, en dépit des succès fort explicables d'un alexandrinisme élégiaque qu'on peut assimiler aux musiques faciles, nécessairement populaires, qui vont de M. Ganne à M. Massenet (Samain, Guérin, que remplaceront Mme de Noailles, MM. Léo Larguier, Gabriel Nigond, Emile Despax, Guy Lavaud, etc. Je ne retiens que de bons poètes, MM. Gregh, Bouhélier, Magre, Bonnard, etc., n'étant que de mauvais discoureurs ou écrivains en vers) la troupe des vrais compositeurs poètes n'a cessé de grandir. Phénomène incompréhensible : la jeune génération n'a profité ni de nos tâtonnements, ni de nos réussites. Ils tâtonnent à leur tour en repassant sur nos traces sans les voir, et ils restent en deçà de nos découvertes. On peut comprendre

tout de même : ils ne peuvent résister à l'inspiration et aux mouvements faciles qui lui offrent leurs cauteleux services.

40. Le malheur est qu'ils déguisent leur entraînement sous des théories dont on pourra juger les erreurs primaires par ces échantillons empruntés à un article de M. Jules Romains (¹). Après avoir écrit : « ... dans les langues à *quantité*, ou même simplement à *accent tonique*, le vers dramatique est caractérisé en général par l'alternance régulière d'une brève et d'une longue, d'un temps faible et d'un temps fort, ou inversement » ; notre auteur ajoute : « Rien ne contredirait plus au génie de notre langue. Le français n'est pas une langue à *quantité* ». Puis, ce point ainsi réglé, il ne considère que le nombre des syllabes, sans distinguer, il va sans dire, les écrites des réelles : « Pour nous comme pour Gréban, le vers de huit syllabes sera le rythme fondamental. Il est à notre langue ce que les mètres ïambiques sont à l'allemand ou au latin (?!) : la stylisation naturelle de la parole *active*. » Et il trouve qu'au théâtre, et dans la prononciation la plus familière, on peut se douter que les mots suivants :

Fermez la portière, là-bas !

nous donnent un octosyllabe. Enfin, après avoir cru pouvoir gratifier chaque genre de vers d'une valeur psychologique spéciale selon le nombre syllabique, et à une unité près. M. Jules Romains ayant supprimé l'accent, supprime la rime, qui « dépouille de toute autorité, de tout sérieux, l'octosyllabe, rythme par lui-même viril et fort ».

Il est inutile d'insister sur la fantaisie et l'ignorance de ces affirmations péremptoires. Ne craignons pas seulement de rappeler sans cesse que la *quantité* ou accent de durée, liée à l'intensité, est inhérente à n'importe quel mouvement verbal, que ce n'est pas une question de théorie, mais d'expérience, de fait, que cet accent détermine des groupes qui éveillent en nous la sensation du rythme et qui constituent les véritables figures du mouvement, non le compte des syllabes absolument inappréciable,

<hr>

(¹) *La Réforme technique du théâtre en vers* (La Grande Revue, 10 mai 1911).

surtout dans les dialogues du théâtre, qu'enfin la rime est un adjuvant naturel dont on peut se passer en bien des cas, mais qu'il n'y a pas lieu de rejeter systématiquement.

41. Qu'importe ! par ci par là, les jeunes poètes ajoutent des créations vivantes analogues à celles dont nous avons donné des exemples choisis, et les quelques chefs-d'œuvre qui existent sont fort divers Grâce à ces expressions complètes, la poésie française échappe à l'automatisme, elle demeure un art — un art qui relie enfin tous les mouvements organiques d'un langage.

C'est que, comme nous l'avons vu, le classement des formes du rythme, même en poésie, ne doit plus dépendre de mesures mécaniques (*alexandrins, déca, octosyllabes*, etc.) et de schémas fixes, leurs multiples (*quatrains, sixains*, etc .. *ballades, sonnets*, etc...) qui sont des *patrons*, avant tout métriques d'ailleurs et fatigués par l'usage. Ce classement s'impose par généraux *états de mouvements*, selon leur origine physiologique (temps divers de l'expiration et des articulations), puis phonétique (temps et nature de la durée acoustique, de l'intensité, des images numériques) · états permettant chacun une infinité de compositions personnelles .

✻✻✻

42. Les degrés de ce classement auront fait apparaître que l'état le plus volontaire de la strophe métrique libre, — dernier stade au delà duquel la symétrie donne la rigidité de la mort — se retrouve dans les éléments du premier degré. Qu'on les repasse en sens inverse, et l'on reconnaîtra dans le premier ceux du dernier, éléments organiques naturels du langage français. Ces éléments se retrouvent par force dans nos vers historiques, mais ossifiés ou faussés, ou incomplets. La technique nouvelle est donc scrupuleusement traditionnelle, en ce sens qu'elle a su remonter aux sources mêmes de la parole française pour faire jaillir de l'ombre des richesses insoupçonnées.

Mais pour retrouver ces sources nous ne faisons pas de sauts, nous pouvons *remonter* réellement et graduellement le courant qu'elles ont formé, du flot le plus proche au plus lointain.

43. M. Michel Arnauld s'est aventuré dans ce courant historique : il a écrit : « En passant sur la *Cantilène de Sainte Eulalie*, romane et presque latine, on avouera que les plus anciens vers français, celui de la *Chanson de Roland* comme celui du *Roman d'Alexandre*, ne se définissent pas autrement que par l'assonance finale, le nombre des syllabes, la place de la césure. » — « Définissent », soit ! Mais une « définition », ni même une « règle » n'a jamais enfermé toute la réalité, et c'est la réalité profonde de ses moyens qui constitue un art. Les règles naissent d'un art et non un art des règles : un art n'a jamais vécu que de leurs transgressions. *Il n'y a pas de règle qu'on ne peut blesser, à cause de* SCHÖNER. *(Plus beau)* » avait tenu à écrire en *français* Beethoven. Il s'agit justement aujourd'hui de découvrir, *par la tradition même*, une norme aussi forte dans l'approfondissement de la réalité que dans un cercle de barrières factices et fragiles. Le compte des syllabes avec le coup de marteau de la rime n'a pu suffire que parce qu'il impliquait un jeu d'accents, inconscient ou non. Les vers de n'importe quel poète de n'importe quelle époque n'ont eu de valeur que par les coupes choisies en dehors de ce compte mécanique. Opposer la *nécessité* à la *liberté* esthétique ne peut avoir de sens que si cette « nécessité » repose seulement sur une loi organique générale, tandis que la « liberté » reste maîtresse des règles arbitraires de l'époque. Et l'on aura éprouvé que notre classement ne fixe aucune règle ; il délimite uniquement des formes d'ensemble déterminées par les principes fonciers d'un organisme, en l'espèce les temps de l'expiration et du pied rythmique marqués par l'accent du français.

44. A cela, M. Michel Arnauld croit avoir répondu d'avance en nous disant : « Ce qui importe, c'est que, des siècles durant, nos poètes — et quels poètes ! — ont pleinement accepté ces règles, n'ont cherché nul autre critère pour savoir ce qu'ils devaient se permettre ou s'interdire, pour distinguer un vers *juste* d'un vers *faux*. S'agit-il, pour nous, modernes, de distinguer dans leurs œuvres un *bon* vers d'un vers *mauvais*?.. alors le point de vue change : nous sommes conduits à porter notre attention sur *autre chose*, sur des accents délicats, sur des

inflexions rythmiques dont ces poètes n'ont pas tenté l'étude, et qu'ils ont pourtant maniés avec la sûreté d'un art inconscient. »

La distinction est spécieuse, elle est habile ; elle ne résiste pas à l'examen.

En ne quittant pas la question stricte du mouvement, du rythme — nous avons laissé de côté l'accord du rythme et de l'harmonie — il est impossible de distinguer par la seule règle du nombre un vers *juste* d'un vers *bon*, puisque nous avons vu que sans le secours de l'accent le compte des syllabes, malgré la césure, était impuissant à nous donner le mouvement. Nous savons en outre que souvent par le fait des transformations de la prononciation le compte même n'y est pas, et que cependant les équilibres balancés du rythme, souvent aussi par le jeu des accents, demeurent.

Puis comment dire que nos grands poètes du passé « ont pleinement accepté » ces règles sommaires du nombre, de l'assonance et de la césure, « n'ont cherché nul autre critère » ? Enumérons dans toute la chaîne moderne de la poésie française les seuls véritables créateurs de *mouvements* ; ils sont exactement six : Ronsard, La Fontaine, Racine, André Chénier, Hugo, Verlaine. Peut-on dire que ces six rythmeurs qui ont recréé leur art n'ont pas cherché un « autre critère » que celui des règles officielles, qu'ils les ont acceptées « pleinement » ?

Non, ils ont eu comme réel critère le sens du rythme à travers la numération par la connaissance intuitive et intime du mouvement des ondes propres au français, même en croyant se soumettre uniquement aux simplifications et aux complications artificielles des rhétoriqueurs.

15. A serrer l'histoire vraiment de près, on ne doit pas craindre d'affirmer que le vers français n'a jamais cessé d'être un vers accentué, conformément à ses origines rythmiques du latin et à la nature de la langue.

La versification rythmique du latin repose sur un triple principe d'après Gaston Pâris [1] : « 1° le vers se compose d'un nom-

---

[1] *Esquisse historique de la littérature française au Moyen-Age*, p. 28 (Armand Colin, éd. 1907.)

bre fixe de temps égaux ; 2° *ces temps forment des couples dans
lesquels l'un est plus fort que l'autre* ; 3° le vers qui a plus de
sept temps se partage en deux membres séparés par une pause.
Ces principes du rythme s'appliquent à la langue de telle sorte
que : 1° les temps correspondent aux syllabes ; 2° *les temps forts
sont des syllabes toniques* ; 3° chaque membre de vers finit par
un mot, nettement séparé du mot suivant par le sens. » A ces
principes, la poésie latine rythmique du moyen-âge ajouta la
rime.

En passant du latin au gallo-roman, du gallo-roman au roman,
enfin du roman au français, l'alternance régulière des temps forts
et des temps faibles se trouva bouleversée par les effondrements
successifs des finales et médiales faibles, celles qui ne por-
taient pas l'accent du latin, placé sur la pénultième ou sur
l'antépénultième. Ces ruines firent croire que le français, par
unification, avait perdu tout accent ; et longtemps les Français
eux-mêmes, tout en sachant pratiquement et inconsciemment
l'utiliser fort bien, ne surent pas théoriquement où le retrouver, bien que l'accent d'intensité du latin fût demeuré en français
sur la même voyelle *mari(la)* = ma*ri* ; *lab(u)la* = *ta*ble). Nous
avons vu que l'on connaît aujourd'hui la nature exacte de
l'accentuation française, dont l'accent de durée reste, à travers
l'incomplète interprétation des temps rythmiques du latin populaire, une partie constitutive fondamentale. Gaston Pàris eut pu
écrire en effet : « Les temps forts sont des syllabes *longues* et
toniques »

Il en découle que par suite des transformations incessantes de
la prononciation, puis du report de l'accent sur le *mot métrique*
faisant prédominer l'accentuation passionnelle, c'est de moins
en moins la numération symétrique des temps et le compte des
syllabes qui fournissent le mouvement du rythme, mais le jeu
des accents, des brèves et des longues sous les temps faibles et
les temps forts, multipliés, variés amplifiés, ayant brisé pour
suivre la vie comme dans tous les autres arts, la marche inexpressive des « couples » primitifs.

Non seulement les véritables rythmeurs sont ceux qui en ont
la connaissance intuitive, mais la véritable tradition n'est suivie

que par ceux dont l'instinctive finesse *accentue*, non par ceux qui
se contentent de *dénombrer*. Ainsi, la composition rythmique,
soi-disant révolutionnaire, se rattache aux plus strictes origines
du vers français, tandis que le numérateur perd avec son
syllabisme graphique le pouvoir assuré de reconstituer nos
rythmes les plus simples. Quant aux correspondances numériques des temps frappés distribués par les accents, on a
vu qu'elles s'établissent moins par l'*égalité* des groupes que par
la parenté de leur *nature*, 1, 2, 3, ou leurs composés et multiples
respectifs.

46. Nous allons saisir sur le fait le lien rigoureux qui unit la
technique nouvelle à la tradition ; ceux qui n'ont pas été per-
suadés encore par les pages précédentes verront combien le syllabisme est secondaire et combien les rapports du numérisme
sont avant tout *qualitatifs*.

Reprenons un de nos exemples pris à La Fontaine :

Un *homme* de moyen *âge*	2+5
Et *tirant* sur le gris*on*,	3—4
Jug*ea* qu'il était sais*on*	2+5
De songer au mari*age*.	3—4

et de la première page de *La Partenza* transcrivons cette strophe :

Nombre des syllabes écrites		Nombre des temps rytmiques
8	Son *rêve* engourd*it* ma pen*sée*	2+3—3
8	En un *bruit* de *faux* et de *feuilles* :	3—2+3
7	Mon *âme roule* ber*cée*	2+2 —3
9	En un *songe* de *joie* et de *deuil*...	3—2+3

De ce simple rapprochement peut-on nier l'indissolubilité des
deux arts et la force dominatrice de l'accent, quelle que soit la
syllabisation absolue de La Fontaine ou l'indéterminée de
M. Francis Vielé-Griffin.

Voici maintenant une des dernières strophes de l'*Espoir en*

Dieu dans laquelle le poète négligent s'est borné à compter sur ses doigts sans écouter la prononciation vivante et sans composer un chant accentuel. Cette strophe est impossible à scander : en exceptant le premier vers, tout rythme serré a disparu, il en existe un à peine par les rimes et par les égalités approchées de l'expiration :

> Les larmes qui l'ont épuisée
> Et qui ruissellent de ses yeux,
> Comme une légère rosée
> S'évanouiront dans les cieux.

Le désordre de cette stance est d'autant plus curieux que le hasard de la numération a soumis celle qui précède immédiatement à l'accentuation symétrique la plus pesante et la moins légitime :

```
Tu n'apercevras sur la terre               5—3
Qu'un ardent amour de la foi.              5—3
Et l'humanité tout entière                 5—3
Se prosternera devant toi.                 5—3
```

On voit comment tout va au petit bonheur avec la seule numération et le syllabisme graphique.

47. Si l'on sort de ces combinaisons *métriques*, la filiation traditionnelle n'est pas moins évidente du moment qu'on aura reconnu que n'importe quel mouvement, dans une laisse comme dans une stance, dépend d'une succession de pieds rythmiques déterminés par l'accent.

Composée en 1893, à une époque où le culte de la liberté irréfléchie n'empêchait pas de méconnaître tout ce qui ne rentrait point dans la simple numération du vers, fût-elle débridée, la laisse strophique suivante nous fera sentir étroitement cette filiation :

```
Fumerolles ! . . .                            2
Simples jeux de brumes                        3-2
de la bouche de la vie soufflés...            3-3-2
Paroles,                                       2
enroulant, endormant la pensée.              3-3 3
```

ô volupté !…	4
Laissons l'écume	4
du *soufre fétide* de la *vie*,	2-3-3
fumerolles,	2
et nous *ravisses*	4
en les ascensions	4
de vos *brumes*,	3
aux *lumineuses spires*	4-2
colorées	3
de nos *désirs*,	4
de nos *passions*,	4
et malgré le *soufre* de la *vie*,	5-3
de nos *songeries*…	4
Spires aux *vols* et *virevoltes folles*,	1-2-3-3-2
fumerolles !	2
enveloppez-*nous*	4
de vos plus *brumeuses magies*,	5-3
et de leurs *denses* vapeurs *vermeilles*,	4-3-2
en les *délices* d'un *vertige*	4-4
soutenez-*nous*,	4
jusqu'à nous *porter* évanouis avec *nous*	5-3-3
dans le *soleil*.	4

ROBERT DE SOUZA — Fumerolles (Liminaire).

Peut-être jugera-t-on que la plupart des laisses échappent à la rigueur de celle-ci dont les équilibres sont soutenus par des moyennes rapprochées et, de place en place, par des frappements binaires, aux assonances constantes. La laisse strophique de M. Francis Vielé-Griffin citée plus haut marcherait aussi par groupes de balancements équivalents qui alternent avec des suites de pieds rythmiques courts et brisés. Mais en voici une autre où dans une seule période le rythme s'élargit et se resserre constamment à travers un mouvement de galop emporté. Peut-on nier que

dans les combinaisons accentuelles on retrouve la même formation que dans la petite stance familière de La Fontaine?

Mais *elle*, sans un *cri*.	2 — 3
souple et *leste*,	1 — 2
presse au *flanc* son *coursier* qui d'un *bond*	3-3-3
brisant ses *guides* aux *poings* des *licteurs* ahuris	4 ǀ 2-3-3
l'en-lève	1 — 1
— *telle* une *pierre* la *fronde* ! —	1 + 2-2
la *porte*, la *lance*	2 + 2
jusqu'au *trône* prétorien	3-3
où, d'un grand *geste*,	1 + 3
— *éployant* comme une aile *d'or* la large *manche* —	3-4-4
elle a *fendu* du *fouet* la *Face* immonde ! ...	4-2 + 2-2

Francis Viélé-Griffin. — *L'Amour sacré*, Sainte Dominante de Braga.

Que chaque ligne d'une haleine soit plus allongée et comporte
un nombre supérieur de pieds rythmiques, cela ne change rien
à la filiation traditionnelle dans l'observance des lois de l'accent.
pourvu naturellement que l'auteur sache composer.

48. On s'explique à présent les limites que ne pouvait franchir
l'art de Verlaine dont l'accentuation souvent adorable dépendait
des groupes numériques et ne les commandait pas. Verlaine est
mort convaincu que le français n'avait pas d'accent. Il l'a écrit
dans des vers satiriques que ce pauvre Moréas. qui jusqu'à
son dernier jour eut la même conviction en partage, citait avec
complaisance. Et l'on s'explique aussi pourquoi Moréas fut arrêté
dans les élans de sa jeunesse par cette influence sur notre esprit,
et de notre esprit sur notre conscience instinctive la plus subtile,
d'un enseignement scolaire, impératif et erroné A la même
ignorance, on peut attribuer l'art de plus en plus étriqué de
Charles Guérin. le noble et voluptueux poète. comme de MM.
Henri de Régnier et Émile Verhaeren qui, avec des mouvements
plus stricts chez l'un et plus larges chez l'autre. retombent dans
les nombres tout faits. Il faut dire aussi que chez beaucoup de

poètes l'impulsion dynamique, le chant rythmique s'éteint avec
l'âge sans qu'ils s'en aperçoivent, et ils se remettent sous le
joug des mesures mécaniques qu'ils prennent pour la « mesure »
classique.

Cette dépression est plus longuement épargnée à ceux qui ne
subissent pas l'accent comme une influence occulte et incertaine,
mais qui savent lui reconnaître toute la force et toute la souplesse
d'une loi commune, — cette « loi commune », que M. Charles
Maurras invoquait, il y a quelques années, contre M. Francis
Vielé Griffin et dont nous constatons chez ce poète tant d'applications vivantes.

49. Sans cette reconnaissance de la loi dominatrice de l'accent,
sans la connaissance parfaite de ses articles organiques, on en
arrive aux analyses les plus baroques comme celles de M. Émile
Faguet, qui après avoir prétendu que des syllabes accentuées
font nécessairement césure *après* elles, affirme l'existence de vers
sans césure, c'est-à-dire pour lui sans un accent intérieur, depuis
deux jusqu'à huit syllabes!... Et il donne ces exemples :

> Le frisson de les strophes
> Au tremblement des eaux...
> Qui tombe sur le gazon...
> Voilà l'enfant des chaumières...
> Les dieux nous avaient envoyés...
> Passer les ombres de la mort...
> Penchés dans l'éternel effroi... (1)
>   Etc...., etc...

C'est stupéfiant! à la fois comme confusion de phénomènes,
tels l'accent et la césure, qui s'unissent en certains cas, mais dont
l'union n'est pas nécessaire, et comme examen purement
livresque, laissant de côté toutes les conditions naturelles du
mouvement sonore en français, toutes les conditions de sa vie
rythmique et acoustique.

Ainsi sans l'accent on patauge, on s'égare, rien ne se concilie,

____

(1) *L'Art des vers* (le Correspondant, 5 juillet 1908).

la tradition est d'un côté, la vie de l'autre : on croit avancer, on tourne en rond ; le rythme échappe aux lois fondamentales de la physique d'un langage. Par l'accent au contraire, et sous sa forme temporelle et intensive, tout s'éclaire, tout devient net, renoué, vivant, fort du passé, riche de l'avenir, — et seulement alors on dispose de toutes les ressources du clavier.

[*]

50. Le clavier magnifique de *rythmométrie* que, depuis vingt ans, dans la *poétrie* (¹) française, les créateurs, peu à peu à travers mille incertitudes, construisent, reste malheureusement ignoré de ceux mêmes qui, le pratiquant parfois, se refusent à l'étudier. Il y a douze ans, M. André Gide écrivait : « Vous me demandez mon opinion sur le vers libre. En ai-je une ? On vit si bien sans opinion. A cause des autres, j'ai dû m'en faire quelques-unes. Mais c'est à peine si j'y crois ; elles me gênent ; quand je suis seul je les oublie… » Et encore : « Peut-être n'admirons-nous en leurs nouvelles formes que les poètes eux-mêmes ; peut-être donnent-ils sans le vouloir le coup de grâce à la *poésie* française, et leur génie, pour un dernier éclat, la détériore-t-il à jamais… » (²) Charmant, n'est-ce pas ? Ah ! l'esprit critique de M. André Gide ne date pas d'aujourd'hui, hélas ! Tout ce qu'on a pu dire, poètes autant que prosateurs l'ont dit, pour tuer la véritable composition rythmique, — qui les « gêne », avouait M. Gide.

Si des prosateurs poètes qui ont été mêlés intimement au mouvement de notre art ont pu s'exprimer ainsi, comment en vouloir à d'aussi faux artistes que M. Jules Bois qui croit utile de reprendre toute la phraséologie morale en usage depuis vingt ans contre les efforts des plus conscients et courageux rythmiciens (³). Il n'y a qu'à lire les anciens vers libres de notre

---

(1) Nous appelons *poétrie*, d'un vocable emprunté aux rhétoriqueurs du xvᵉ siècle, tout le matériel technique qui sert à l'expression de la *poésie*. Le terme : *poétique* est d'une hybridité fâcheuse ; d'ailleurs il s'applique surtout à la composition générale et aux genres des poèmes. Quant à *versification*, on sait qu'il restreint trop notre matériel pour être employable ; et *métrique* seul le fausse. *Poétrie*, a enfin l'avantage de ne point séparer la *poésie* de ses moyens : la *poétrie* est la chair dont la *poésie* est l'âme.

2) *Lettres à Angèle*, 1869.

(3) *Où nous en sommes*, loc. cit.

auteur pour savoir qu'il était incapable d'en découvrir la loi
organique et que naturellement de cette impuissance autant que
de flatteries aux goûts faciles du vulgaire devait naître quelque
volte-face oratoire. Cependant M. Bois veut être conciliant; il
reprend ce vieux compromis de nos Philintes qui voient dans le
vers libre « un moyen nouveau d'expression tenant du vers et de
la prose », mais laissant entier et légitime l'automatisme graphique vaguement libéré de ses règles officielles. On sait ce qu'il
en est : qu'il n'y a pas de vers continuement vers, ni de prose
continuement prose, que ces deux termes ne représentent rien
d'exclusif, rien de réel même, ni surtout de vivant — qu'ainsi
aucun art verbal ne peut participer de ces deux inexistences, qu'il
y a seulement un rythme, plus ou moins serré, continuement
rythme selon les degrés d'une composition volontaire.

51. On pense si la critique se prive de faire écho à des poètes plus
chercheurs de vent que de rythme, si elle s'empresse de nier
toutes les évidences ! M. Charles Le Goffic qui est un esprit fin,
mais dont la finesse reste trop souvent à mi-côte, ne craint pas
d'opposer, comme on s'en doute, les termes d' « ordre »,
d' « honnêteté », de « plein jour », qui s'appliquent au vers soi-
disant traditionnel, aux termes de « révolution », d' « orgie déca-
dente » et autres fleurs, qui s'appliquent au *vers libre*; et il
avance périodiquement, fort des exemples de MM. Moréas, de
Régnier et Verhaeren, que la technique nouvelle « s'assagit,
s'harmonise » de plus en plus, pour dire enfin : « ... La crise
poétique, qui ne fut qu'une parenthèse d'un quart de siècle dans
l'histoire du vers français, est aujourd'hui à peu près terminée ».
En effet, si M. Le Goffic veut dire qu'on est entré dans une pleine
conscience de la composition rythmique intuitivement cherchée
et trouvée. la « crise » est bien terminée ; mais il veut dire au
contraire que personne ne poursuit plus des recherches qui
seraient demeurées vaines, et c'est là une contre-vérité manifeste,
car il n'y eut jamais plus de verslibristes qu'aujourd'hui, —
malgré toutes les actions concordantes des prix et de l'académie,
des magasines et de la presse. des commissions et des concours,
des critiques ignorants et des bons ou mauvais poètes, égaux

dans leur impuissance d'art. Ainsi le choix de nos exemples a été réparti jusqu'aux œuvres les plus nouvelles sur un espace d'environ vingt ans. Seuls ont fléchi ceux dont on pouvait prévoir dès les premiers pas la fatigue, les parnassiens-nés comme MM. Henri de Régnier et Stuart Merrill ou des romantiques de tempérament malgré leur symbolisme, comme M. Émile Verhaeren auquel le *nombre* oratoire peut suffire.

Mais pour expliquer l'incompréhension de M. Charles Le Goffic, qu'on lise cette citation de son choix avec le commentaire qui la suit :

> « Voici la clef d'argent des jardins de la vie,
> Si la tristesse y hasarde ses pas.
> Tu trouveras des eaux à jamais endormies
> Pour y mirer ta face à leur accalmie,
> Et pour tes pas
> Des chemins en accord à leur mélancolie,
> En entrelacs
> Entre des cyprès noirs en ombre sur ta vie.

« *L'imprévu dans le rythme est une des qualités de ces vers...* Il naît ici de l'introduction d'un vers de onze syllabes le quatrième, dans une combinaison métrique qui semblerait appeler plutôt un alexandrin ».

Voilà la dose d'imprévu que dans huit vers sur deux rimes semblables, et par la suppression d'*une* syllabe, notre critique est capable de supporter ! Cela est pour lui du « vers libre », du bon ! Et c'est pour un vers libre pareil que nous aurions négligé « d'assurer à qui l'écoute une faculté correspondante d'assimilation !... »

52. Tandis que de fins critiques nous invitent ainsi à sourire, de remarquables techniciens comme M. Maurice Grammont, qui est très favorable aux réformes, connaissent imparfaitement nos rythmeurs : ils les desservent en croyant être justes. Tant au point de vue de la langue que du rythme, M. Maurice Grammont parfois vacille. Rappelant de M. Francis Vielé-Griffin le beau thrène (que du reste il admire) à la mémoire de Mallarmé [1], il

(1) *Revue des Langues romanes*, VIe série, Tome II, III, 1910, p. 175.

blâme comme une faute de français l'expression « parler des mots » dans le dernier vers :

Et de parler des mots — contre ta tombe.

Et M. Grammont ne voit pas qu'il devrait condamner alors le fameux : « Dormez votre sommeil . . » ! De même, ayant cité dans son grand ouvrage sur le *Vers français* ce vers excellent de Boileau,

Le moment où je parle est déjà loin de moi.

il prétend que son mouvement est un contre-sens rythmique par ses anapestes martelés :

Le mo*ment* où je *parle* est dé*jà* loin de *moi*.

Or, il n'a jamais été et *il ne peut pas*, organiquement, être rythmé ainsi. La carrure du premier hémistiche est parfaitement d'accord avec l'affirmation produite; mais la seconde partie du vers n'y ressemble en rien. J'ai fait inscrire cet alexandrin au phonographe par plusieurs personnes, dont un garçon de magasin absolu primaire ; et je l'ai fait enregistrer par l'appareil analytique de l'abbé Rousselot. Le résultat des expériences donne trois manières de dire le second hémistiche ; toutes contredisent l'assertion de M. Grammont :

1º . . . est déjà *loin* | de *moi*

2º . . . est déjà *loin* | de *moi*

3º . . . *est* | déjà *loin* de *moi* (¹)

avec un léger silence à la place des barres ; mais quelles que soient les nuances, la longue-forte intérieure rythmique a pour tous été *loin*, leur diction reconstituant d'instinct l'image voulue par le poète.

Des erreurs de ce genre induisent à penser que nos rythmes ne sortiraient guère en bon état des analyses universitaires. Les poètes, autant dans l'analyse que dans les œuvres, n'ont à compter

____

(¹) Il est curieux de noter que cette dernière scansion est celle de Marmontel qui dans le chapitre sur « *Le mechanisme du Vers* » de sa *Poétique* le scande bien ainsi :

Le moment où je parle est déjà loin de moi.

que sur eux-mêmes. Mais. en dépit des bien ou mal intentionnés, la composition rythmique, intuitive et naturelle. a la
vie dure. comme la vie... et comme l'art.

53. Il n'est donc pas étonnant que notre ample clavier soit tout
à fait ignoré de ceux. poètes et autres, qui ne savent pas leur
alphabet. Beaucoup, il est vrai, n'ont pas les aptitudes nécessaires. Le sentiment conscient du rythme est au fond un des
plus rares qui soit. Il ne se développe que par l'audition.
et nos rythmiciens ont cru que le livre suffisait. Cependant le
rythme n'est perçu. inconsciemment même, par le plus grand
nombre qu'à l'état de parallélisme strict, de symétrie absolue,
par conséquent à l'état d'embryon, presque d'*antirythmie*.
La récitation mécanique de l'enfance, qui en est la preuve, se
poursuit jusque dans la vieillesse. Combien après leurs études
sont incapables de nuancer les temps du plus facile alexandrin ! Combien malgré une notation musicale minutieuse ne
savent pas avant l'audition déchiffrer l'œuvre nouvelle ! Des auditions... des auditions...

Hélas ! nous l'avons dit. les poètes eux-mêmes ne savent pas
se lire. Sans quoi. chacun ne s'enfermerait pas dans un mode
dont il ne sort point, quand ce mode même est chez le rythmeur suffisamment déterminé. Les germes des modes les plus
divers lèvent dans le cercle étroit de chacun. Un seul poème
peut les comporter tous épanouis à la fois, et il n'est pas un de
nos exemples que ne multiplierait une diversité toujours neuve,
inattendue.

Connaissons bien nos incomparables ressources. Que l'impuissance ne dicte pas nos choix ; que nos choix ne perdent rien de
ces richesses. A les dépouiller. notre foi s'étendra, et nos limites.
Ne croyons pas énerver notre art par une émotion délivrée. On a
vu comme il reste le maître d'une servante heureuse qui n'est
plus une esclave. Connaissons bien nos ressources. Pour garder
le génie de la langue, n'en abaissons point les pouvoirs. Sachons
les étendre, sachons entendre. sachons lire. A nul poète, un langage ancien ou moderne n'offrit un mouvement plus ardent
et plus délicat, plus juste et plus varié que le français.

APPENDICES

APPENDICE I

TABLEAU D'UN ALPHABET PHONÉTIQUE

54. La lecture analytique des sons du langage démontre qu'elle est impossible sans un alphabet moins rudimentaire que celui de l'écriture grammaticale.

Mais l'on sait qu'autant de phonéticiens, autant d'alphabets avec des caractères de toutes langues et des signes diacritiques d'un usage difficile.

Il importe que les poètes aient à leur disposition un alphabet pratique, tel qu'ils puissent le trouver chez tous les imprimeurs.

En même temps que les nuances, on remarquera les simplifications qu'entraîne l'écriture phonétique et combien ses moyens sont peu compliqués. Si le même son ne demande jamais qu'un signe (k = choc, écho, quatre, kilo, grecque, axe [ks], etc. ; ã = chant, champ, content, embaume, paon, Caen) il suffit de l'accent grave et de l'aigu pour nous donner les principaux intervalles des timbres. — La seule nouveauté apparente est dans le *tilde* (~). Or son application aux nasales par l'abbé de Danjeau date du XVIIe siècle.

Des principaux sons et bruits qui sont employés en français, le classement le plus sommaire en distingue 42 : — 22 voyelles, 3 semi-voyelles ou voyelles consonnifiées, 17 consonnes.

Si on les dispose selon leur degré de sonorité, nous obtenons les échelles ci-après, du grave à l'aigu et des sonores aux sourdes.

Sur les 22 voyelles, 18 sont *pures* et 4 *nasales* : les « pures » représentent trois gammes harmoniques (le latin et l'italien n'en ont que deux) : une *grave*, une *médiane* vers l'aigu et une *aiguë*.

55. (A lire dans le sens des flèches, de la grave à l'aiguë.)

VOYELLES PURES

ú (pou*u*)	ú̈ (p*u*)	i (p*ie*)
u (po*u*ce)	ü (p*u*lpe)	i (p*i*le)
ó (p*eau*)	œ́ (p*eu*)	é (lamp*ée*)
o (p*o*rte)	œ (p*e*tit)	e (p*é*rit)
ò (p*o*rt)	œ̀ (p*eu*r)	è (p*è*re)
à (p*â*te)	a (p*a*tte)	à (p*a*rt)

NASALES

ō (po*n*t)	ẽ (pi*n*)
œ̃ (*un*)	ã (cha*n*t)

SÉMI-VOYELLES

w (*ou*i)	y (b*i*en)
ẅ (*hu*ile)	

CONSONNES

	Sonores :	Sourdes :
vibrantes :	r (*r*ond)	
————	l (p*l*aine)	
nasales :	ñ (a*gn*eau)	
———	m (ja*m*ais)	
————	n (a*n*émone)	
sifflantes :	z (a*z*ur, ra*s*e) ——⟶	s (a*s*)
chuintantes :	j (*j*uge) ———⟶	c (bû*ch*e)
fricatives :	v (*v*ent) ———⟶	f (*f*aon)
labiales :	b (*b*as) ———⟶	p (*p*as)
dentales :	d (*d*u) ———⟶	t (*t*u)
gutturales :	g (*g*orge) ———⟶	k (*c*oq)

Le *h* pourrait être un signe d'aspiration, mais l'aspiration n'existe plus normalement en français.

Pour mieux se rendre compte de la nature des consonnes, il est bon de les prononcer avec la même voyelle : *ñœ, mœ, zœ, sœ*, etc., …

Les oreilles non exercées ne distinguent pas qu'il y ait deux *u*, deux *ü*, deux *i* ; leur existence est prouvée à la fois par des mouvements articulatoires distincts, et par des nombres de vibrations marquant la différence des timbres.

56. On ne doit attacher aucune valeur exclusive aux sons de ces diverses échelles. Toute nomenclature est imparfaite, toute classification insuffisante. Voyelles et consonnes peuvent jouer le même rôle, et « les extrêmes seuls sont nettement séparés » (Rousselot). Il y a des sourdes en partie sonores, et des sonores qui s'assourdissent. La nature des voyelles n'est pas non plus toujours rigoureusement tranchée : il y a des *u* (ou) qui sont presque des *ó* sans l'être encore, des *ó* presque des *à*, et *vice versa*, des *ü*, des *à*, etc. Pour ma part, je distingue en français bien d'autres nuances franches que celles retenues par notre tableau. Mais de ce que toute classification est insuffisante, il n'en faut pas déduire comme certains qu'elle est arbitraire. Le choix des sons est juste, bien que réduit, autant que le système de leur enchaînement, et ce minimum renferme tous les timbres principaux suivant des échelles rationnelles.

57. M. Léonce Roudet, dans ses excellents *Éléments de phonétique générale*, note ainsi (p. 58) les différents *œ* : « *œ*, peur, beurre, *œ*, neuf, bœuf ; *ő*, bleu, nœud ; *ŏ*, premier (*e* muet) ».

Nous ne pouvons accepter cette notation. L'*œ* de *neuf* et *bœuf* n'est pas un *œ* moyen, mais un *ö* ouvert, arrêté sèchement par l'explosion sourde de *f*, tandis que *peur* et *beurre* ont des *œ* ouverts que semblent prolonger les vibrations de *r*. L'*œ* moyen très franc de *premier* ne peut être indiqué par l'affaiblissement *ŏ*, ni être dit *e* muet, réservé aux cas où l'*œ* moyen perd de sa sonorité aux places finales ou médiales : *pœtitŏ*, *pœtitŏment*, qui sans intention peut devenir : *pœtit(œ)ment*. (Voir l'Appendice IV.)

APPENDICE II

LA SYLLABE

58. De la manière dont la syllabe est comprise ou sentie dans
la composition phonétique, et indépendamment de sa valeur
temporelle, intensive ou tonale, peuvent dépendre des possibi-
lités rythmiques très diverses. Quelques indications doivent
nous arrêter.

Entendue comme un groupe d'une ou plusieurs consonnes
avec une voyelle, l'existence naturelle de la syllabe est prouvée :
historiquement, par l'écriture syllabique qui précéda l'écriture
alphabétique ; physiologiquement, par l'aptitude des plus
incultes à diviser leurs phrases en syllabes, des aphasiques à
produire pour chaque mot les mouvements expiratoires correspondant au nombre des syllabes inarticulées.

59. Mais comment dans une suite de mots la syllabation
s'opère-t-elle ? Quelle est la limite de la syllabe, et par conséquent
sa nature ? A-t-elle même ainsi en tant qu'unité par groupement une existence acoustique réelle ?

Je me propose de démontrer dans l'*Introduction à une Rythmique expérimentale* que la syllabe par groupement, quelle que
soit la scansion adoptée, est une opération de l'esprit, une
convention, souvent indifférente, parfois trompeuse.

60. Il en est de la syllabe comme du mot : il y a une syllabe
métrique qui n'est point la *grammaticale*. Et à la syllabation
qui donne les divisions habituelles suivantes :

> Au | clair | de | ta | flam | me,

certains substituent celle-ci :

> Au cl | air d | e t | a fl | amm | e (¹).

Cette syllabation s'explique avec justesse par le fait que le temps frappé tombe sur le point maximum de tension et de perceptibilité du groupe phonétique, qui est la voyelle, ou la consonne sonnante pouvant en nombre de cas la remplacer. Mais il en résulte que la voyelle ou la sonnante intéressent seules le rythme, dont les temps sont séparés par des suites plus ou moins longues de phonèmes indifférents, que toute coupure entre ces phonèmes est plus ou moins arbitraire, que par conséquent il n'y a pas lieu théoriquement de recourir à des divisions syllabiques, qu'en définitive la syllabe du groupe unité n'existe pas. Néanmoins, on ne peut faire autrement que de s'en servir pratiquement, comme du mot, parce que l'habitude en est commode, à condition de ne pas forcer la valeur de ses éléments indifférents pour établir des mesures illusoires.

(1) Eugène Landry, *La Théorie du Rythme* (Champion éd., 1911). Voir aussi Grégoire, *La Parole*, 1899 et Verrier, *La Métrique anglaise*, loc. cit.

APPENDICE III

LA SCANSION DES DIPHTONGUES

61. La scansion des diphtongues est la grande chinoiserie de la versification française. Théodore de Banville, qui certes, était graphique par excellence, disait lui-même : « la règle n'est nulle part ; il faut s'en rapporter à ce fantôme masqué qu'on nomme l'usage... ; l'autorité des poètes peut seule faire loi en pareille matière ». Or cette autorité est très fantaisiste.

Les métriciens confondent des phénomènes divers. Par exemple, pour la diphtongue *ia*, ils la mettront sur le même rang dans des mots comme *pri-a* et *di-adème*. Dans *pri-a* il n'y a pas diphtongue, l'*i* est bien une voyelle franche, obligatoirement détachée par notre articulation ; qui ne voit que dans *diadème* il en est tout autrement ? Et en effet, l'*i* n'y est qu'une voyelle consonnifiée, c'est-à-dire une voyelle perdant de sa sonorité comme de sa durée et s'appuyant sur l'*a*. Nous savons que le français possède ainsi trois semi-voyelles : *i, ou, u* (y. *w. ü*) qui donnent différentes diphtongues :

ia, iai, ié, iè, io, ion, ian, etc.

oua, oué, ouè, oui, etc.

ua, uai, uè, ui, etc.

Graphiquement nous avons aussi *o*, mais phonétiquement il devient *ou* : oa, oe (moelle). — Ronsard écrivait *mouelle* ; aujourd'hui nous prononçons *muale*.

62. Ces diphtongues dans un débit lent, commandé surtout par le numérisme du rythme, peuvent être artificiellement dissyllabisés ; mais elles ne le sont jamais d'une façon constante, et la diphtongaison se produit aussitôt que la diction s'anime un

tant soit peu. Nous pourrons et devrons dire : « Ari-ane, ma sœur... » prononcé d'ailleurs presque toujours : « *Ariyane...* » ; mais nous dirons forcément : « O mon Ariane aimée... » (Aryane).

Ainsi les vers français sont *numériquement faux*, et malgré l'accent, *rythmiquement aussi*, parfois, dès que le mouvement ne permet pas de dissyllabiser la diphtongue.

63. Il y a cependant des degrés.

Les semi-voyelles y et *w* (i, ü) commandent plus facilement la diphtongaison que *w* (ou), et chacune selon le timbre de la voyelle qu'elles appuient.

Les ouvertes se diphtonguent moins aisément que les fermées. C'est pour cette raison que tant que l'*é* de « poète » est resté fermé, comme dans la prononciation encore de certains vieillards et dans certaines provinces, il n'a compté avec l'*o* que pour une syllabe ; Régnier :

> Car si ce n'est un *poète*, au moins il le veut être.

Mais aujourd'hui, l'ouverture de l'*è* force à dire : *po-ète*.

Les liquides (*r*, *l*), puis les nasales (*m*, *n*), puis l'explosive (*p*), puis les fricatives (*f*, *v*) entraînent aussi dans cet ordre descendant une dissyllabisation plus facile.

64. Enfin, placée à l'initiale d'un groupe, et surtout d'un mot bref initial portant l'accent, la diphtongue perd aisément sa qualité :

> *Ri-ons*, chantons, dit cette troupe impie
>
> (*Racine*)

> *Hi-er* le vent du soir que le souffle caresse
>
> (*Hugo*)

commandé aussi par l'allongement de *èr* depuis le xviie siècle.

Mais :

> Le bruit court qu'*avant-hier* on vous assassina ([1])
>
> (*Boileau*)

qui n'a jamais été et ne sera jamais prosodié autrement.

[1] Ces exemples ont été empruntés au *Nouveau Traité de versification française* par MM. Charles Le Goffic et Édouard Thieulin. (Paris, Masson éd., 1890.)

65. L'emphase nécessaire à la diction poétique se marque plutôt par l'allongement de la voyelle qui porte l'accent que par une
vocalisation plus détachée de la semi-consonne. Ainsi *impériale*
dans la laisse citée de M. Francis Vielé-Griffin, dont presque toujours le ton lyrique d'ailleurs participe de la parole naturelle.
Quant aux terminaisons en *ion*, si nombreuses et souvent si
fâcheuses, il est extrêmement rare que leur dissyllabisation soit
possible, sauf naturellement lorsqu'elles sont précédées de deux
consonnes différentes, ce qui suffit en français pour détruire la
diphtongaison.

Il reste que pour plus de sûreté les poètes ne devraient pas
hésiter à séparer d'un petit trait les voyelles placées dans un cas
douteux, surtout avec la composition libre qui rejette la numération mécanique.

APPENDICE IV

CONDITIONS ET DEGRÉS DE SONORITÉ DE L'Œ MOYEN, DIT MUET

66. D'après un certain nombre d'expériences, nous pouvons résumer en quelques règles approximatives la vocalisation plus ou moins forte de l'*œ* moyen dans une prononciation parisienne choisie, ni négligée ni apprêtée, naturelle.

I. Précédé d'une consonne sonore.

a) *Initial*, l'*œ* quelle que soit la nature de la consonne, resterait vocalique et syllabique : **me***ner*, **Ne***mours*, **ge***noux*, **de***mande*, etc....

b) *Médial*, il tendrait à disparaître : *am(e)ner*, *enn(e)mi*, *il jug(e) mal*, *je n'ai rien d(e)mandé*, etc....

Cependant : *som***me***lier*, *aim***e***rions*, etc. ; c'est-à-dire devant *l*, *r* + y.

Contrairement à ce que disent les traités de phonétique, l'*e* médial n'est pas pleinement conservé entre deux consonnes semblables : *pomme mûre*, *fête terminée*, il a tendance à disparaître plutôt dans la vocalisation ou l'explosion des consonnes.

c) *Final*, l'*œ* aurait une sonorité plus ou moins grande selon l'échelle décroissante qui suit :

1° nasales : *a*) *co***gne**. *b*) *som***me**. *c*) *anémo***ne**.
2° labiale : *cra***be**.
3° chuintante : *ju***ge**.
4° fricative : *rê***ve**.
5° gutturale : *ba***gue**.

6° dentale : *aubade*.

7° sifflante : *brise*.

8° vibrantes : *a) belle; b) mère*.

9° semi-consonne : *vermeille*.

Ces distinctions (et cette remarque s'appliquera aux autres paragraphes) sont simplement indicatrices. Pour préciser toutes les nuances exactes, nous ne devrions pas nous contenter de l'influence des consonnes précédentes, nous aurions à noter celle des suivantes par rapport à chacune des précédentes. Ainsi la sonorité de l'*œ* s'accuserait entre deux labiales sonores : *un Arabe bienveillant*, ou entre la labiale et une nasale : *l'Arabe mauvais*.

67. II. Précédé d'une consonne sourde.

a) Initial, l'*œ* resterait vocalique et syllabique : **pe***tit ami*, **se***couez-vous!* **que***relle futile*, **que** *faire?* etc....

Cependant : *p(e)loton, p(e)lez-moi cette pomme.* etc...

b) Médial, il tendrait à se confondre avec l'explosion : *un p(e)tit ami, il faut s(e)couer l'arbre*, etc....

Cependant : *la* que*relle est mauvaise, je n(e) sais qu(e) faire* ou **que** *faire.*

c) Final, il disparaîtrait moins suivant la même échelle, des labiales aux sifflantes.

68. III. Précédé d'un groupe de consonnes.

a) De deux sourdes. — *Médial*. l'*œ* serait très fortement vocalique et syllabique : *fixement, un* **acte** *noble*, etc...; *final*, il garderait beaucoup de sa sonorité, tout en pouvant se confondre avec l'explosion : *un bel* **acte**, *des yeux* **fixes**, etc....

b) D'une sonore et d'une sourde. — *Médial*, l'*œ* conserve toute sa force, *appartement, insulte gratuite*, etc.; *final*, sa sonorité pourrait être plus nettement accusée qu'après deux sourdes : *qu'il* **parte**, *quelle* **insulte**, etc....

c) D'une sourde et d'une sonore. — Mêmes effets qu'après la sonore et la sourde : *souffle pur*, *âpreté*, *âpre*, mais avec une nuance de renforcement.

d) DE DEUX SONORES. — *Médial*, l'*œ* aurait sa plus franche sonorité : *tendrement*, *sombre forêt*, *table tournante*, *parle bien*, etc.; — *final*, des différents cas des finales, il serait celui qui porte le plus l'*œ* moyen à devenir vocalique : *comme il est tendre*, *je veux qu'il parle*, etc ...

69. IV. **Précédé d'une longue**.

Tous les effets de sonorité s'accuseraient aux finales : *une vilaine patt(e)*, *une bonne pâte*.

Mais les médiales n'éprouveraient presque pas de changements : *pât(e) molle*, *patt(e) molle*, après une consonne (il y a cependant une nuance de vocalisation très sensible pour l'*œ* placé dans le premier cas) ; leur sonorité serait accusée après un groupe.

70. V. **Précédé d'une longue, tonique et rythmique**.

La vocalisation plus ou moins syllabique de l'*œ* serait certaine; mais comme nous l'avons vu dans nos exemples de poésies, la syllabe serait ou non rythmique suivant le cas.

71. VI. **Succession de plusieurs œ**.

Un se prononce sur deux, généralement le premier : *je l(e) vois, dev(e)nir*.

Lorsqu'ils sont plus de deux, ce sont les impairs qui se prononcent : *je n(e) te l(e) dirai pas ; il faut que j(e) te l(e) dise* sauf quand *ce* et *ne* sont en premiers : *c'est c(e) que j(e) te disais ; nous n(e) te l(e) demandons pas*. (E. BOURCIER, *Phonétique française*.)

72. VII. **L'intention et la vitesse du débit dominent, suivant l'euphonie et le rythme, la plupart des conditions de sonorité**.

Ainsi une simple énergie d'affirmation dans la parole courante oblige à dire : **Je le** *vois*. Mais les contractions ou allongements sont d'autant plus heureux qu'ils obéissent aux conditions naturelles qui viennent d'être exposées (¹).

(1) Entre les travaux qui, avant l'emploi de la méthode expérimentale, ont réagi contre la destruction radicale de l'*e* moyen par une phonétique trop grossière, il faut citer ceux de M. Raoul de la Grasserie. (*Le Rôle de l'e muet dans la versification française*, Paris, Lemerre éd., 1896) et de M. Genlis. (*L'e connu sous le nom général et souvent impropre d'e muet*, 1901, surtout celui de M. Maurice Grammont (*Mémoires de la Société de Linguistique*, tome VIII, 1894). M. M. Grammont a trouvé la très juste « loi des trois consonnes », l'*e* apparaissant toujours pour éviter la rencontre de trois consonnes. Bien que l'auteur la complète par la « loi des deux consonnes » et de nombreux cas particuliers, elle est insuffisante comme on vient de le voir et comme le démontrent les *Etudes des prononciations parisiennes*. — *Les articulations étudiées à l'aide du palais artificiel*, par M. l'abbé Rousselot, (*La Parole*, 1899) : il n'y a presque jamais similitudes de tracés, même entre des mots comme *bal* et *balle*, ce qui ne veut pas dire d'ailleurs qu'ils doivent avoir nécessairement une valeur syllabique, une surtout rythmique, différentes.

APPENDICE V

LA QUANTITÉ ANTIQUE ET NOTRE DURÉE
ACCENTUELLE

73. Il va sans dire que les similitudes entre la quantité des anciens et la durée accentuelle des langues modernes n'aboutissent pas à une identification. Ne craignons pas de préciser toujours pour les poètes et les littérateurs, philologues et phonéticiens connaissant de longue date rapports et dissemblances.

Plusieurs persisteront à contester toutes similitudes, particulièrement pour le français, du fait que la quantité antique possédait une valeur fixe, dans le mot et dans le vers, ou que cette valeur changeait suivant des règles déterminées.

Mais il y a lieu de bien distinguer d'abord dans la métrique fondamentale, qui est la grecque, les vers *lyriques* et les vers *récités*. A l'origine, la quantité n'était pas autre chose qu'une mesure musicale, puisque les vers lyriques étaient marchés, dansés, chantés, accompagnés d'un ou plusieurs instruments, lyre, flûte, etc. Lorsque les poètes composèrent des vers pour la simple déclamation, ils continuèrent à se servir de la mesure du chant sans s'apercevoir qu'elle ne pouvait s'appliquer à un mouvement sonore bien moins délimité et d'une fugitivité individuelle. Il y avait dans les vers lyriques des « longues irrationnelles » d'un temps et demi, et des longues de trois, quatre et cinq temps, des brèves aussi plus longues ou plus courtes que la brève ordinaire. Des pauses d'un à quatre temps pouvaient compléter des pieds d'une seule syllabe. Enfin n'oublions pas que les poètes grecs de l'époque classique composaient eux-mêmes la musique de leurs vers.

Puis les vers lyriques avaient une liberté qui resta inconnue des vers récités, parce qu'on chercha par la régularité des pieds à donner à la déclamation le soutien que les lyriques trouvaient dans le chant et la flûte.

74. Mais que restait-il de ces mesures sous l'expression de l'accent, de l'intensité et du jeu rythmique ? Toute la question est là. N'y avait-il pas un désaccord constant entre la théorie et la réalité ? Admettons que *pour les anciens* les pieds métriques récités n'eussent pas été des mesures abstraites détruites par le mouvement du rythme, ces mesures le sont *pour nous* ; ou pour les sentir rythmiquement, nous les reconstruisons par une concordance certainement trop rigoureuse des accents forts et des faibles avec les longues et les brèves, — de là, des similitudes, pour nous, entre notre durée et la quantité antique. Comme de plus l'expérience nous apprend que dans toute langue moderne il y a corrélation étroite — mais corrélation ne dit pas non plus identité — entre le fondement de la durée et l'accentuation rythmique, on arrive à cette constatation qu'en dépit de la valeur fixe donnée par les anciens théoriquement à leur quantité, la réalité pouvait ne pas être différente de la nôtre.

75. On sait du reste que tout est conjectures pour nous dans la métrique des Grecs et des Latins. En dépit des belles découvertes des Rossbach, des Westphal, de la science des Henri Weil ou des Louis Havet, les fragments que nous connaissons des théories de l'antiquité laisseront toujours nos connaissances incomplètes. Mais que les *Éléments rythmiques* d'Aristoxène n'eussent pas été perdus, nous n'aurions pas une compréhension plus assurée et un sentiment plus vivant des vers grecs. D'un passage d'Aristoxène, Westphal concluait à une lecture accentuée semblable à la nôtre ; mais, s'appuyant sur le même passage, Weil contredit cette opinion.

Ainsi nous ne pouvons être sensibles qu'à notre durée, qui réunit forcément, d'après les lois rythmiques universelles, quelques-uns des phénomènes de la quantité antique.

APPENDICE VI

NOTRE DURÉE ET LE TIMBRE

76. Cette question fondamentale de notre durée n'est point débarrassée encore de toute confusion chez les meilleurs phonéticiens.

A ceux qui sont préoccupés avant tout (ou, comme les poètes, qui devraient l'être) des conditions du langage dans leur langue, nous ne saurions trop recommander les *Eléments de phonétique générale* par M. Léonce Roudet : ils y trouveront, admirablement résumé, l'état des principaux problèmes phonétiques résolus ou à résoudre qu'il importe de connaître.

Cependant, il faut laisser complètement de côté les paragraphes sur *le rythme conscient*, vraiment trop sommaire, et nous nous permettrons quelques réserves à propos du chapitre sur *la durée*.

M. Léonce Roudet nous dit comme il va de soi :

« Beaucoup de grammaires françaises donnent encore à *o* fermé le nom de *o* long et à *o* moyen le nom de *o* bref. C'est confondre deux notions absolument distinctes : *o* fermé peut être bref et *o* moyen peut être long » (p. 229).

Ensuite :

« Les voyelles peuvent être prolongées autant qu'on le veut » (p. 233).

Néanmoins M. Léonce Roudet note des corrélations entre la quantité et le timbre qui, de la manière dont il les établit, sont pour le français, fallacieuses.

6

77. Il faut bien distinguer dans la quantité la durée qu'on pourrait risquer d'appeler *temporelle*, par opposition à une durée *dynamique*. La première mesure le temps suivant des rapports naturels et libres équivalents. La seconde est augmentée par des degrés non moins libres d'intensité, des renforcements ou des affaiblissements. C'est la durée dynamique qui affecte le timbre, ce n'est pas le timbre qui influe sur la durée. Il n'est pas exact qu'en français *à* palatal (*part*) soit plus bref qu'*à* vélaire (*pâte*), si l'on peut dire que « les moyennes sont en général brèves, les ouvertes et les fermées sont en général longues comme les nasales ». Mais cette généralisation prudente même est dangereuse, car elle est cause certainement de la notation relevée à l'Appendice I de *neuf* et *bœuf* comme *œ* moyens parce qu'ils semblent brefs. L'auteur le reconnaît lui-même : « Souvent dans une phrase française une voyelle nasale ou fermée devient brève, une voyelle moyenne devient longue » (p. 234). Fermées, ouvertes ou moyennes, les voyelles ont la même quantité indéfinie par elles-mêmes : vous ne mettrez pas plus de temps à prononcer *ö*, qu'*o* et *ŏ*. C'est la consonne sourde ou vibrante, explosive ou continue qui dans la prononciation du *mot isolé* fait paraître la voyelle précédente brève ou longue, tandis que la même voyelle est raccourcie ou allongée dans le mouvement de la phrase, quel que soit son timbre, quels que soient le nombre et la nature des phonèmes voisins.

78. Toutefois, dans un certain nombre de mots l'*à* fermé, l'*ĕ*, l'*ŏ* et l'*œ* ouverts sont certainement plus longs que les autres voyelles (*pâte* comparé à *patte*, *âme* à *femme*, *tempête* à *trompette*, etc.), indépendamment des vibrations des sonores; mais la nature du timbre n'y est pour rien, témoin *pas* dont l'*à* est très fermé (du moins dans le substantif) et qui par rapport à *pâte*, isolément, reste bref.

Ces exceptions disparaissent d'ailleurs lorsque ces longues ne sont point frappées de l'accent d'intensité, de même que les brèves s'allongent aux places toniques et rythmiques; et ces longues deviennent de plus en plus brèves suivant la longueur du groupe phonétique qui les suit. M. Roudet

rappelle très heureusement à ce sujet les différentes durées
de *pâ* :

pâte.	27 centièmes de seconde
pâté.	20 —
pâtisserie.	14 —
pâtisserie Saint-Germain . .	12 —

Ne mêlons point le « timbre », du moins le « timbre fondamental », aux *sons avoisinants*, à la *longueur des groupes phonétiques*, enfin au *rythme* qui, en français. sont les causes déter-
minatrices de la variété dans la durée.

APPENDICE VII

LE VERS ET LA STROPHE MÉTRIQUES
DANS LA POÉTRIE FRANÇAISE

79. Nos citations des strophes métriques volontaires et libres de poètes contemporains, comme des incertaines de Musset ou des semi-conscientes de La Fontaine, doivent ouvrir une échappée nouvelle sur l'histoire de notre versification.

On pense vulgairement que l'accentuation temporelle et dynamique de nos vers, hors de l'hémistiche et de la rime, fut toujours variable et flottante. Il y eut même des tentatives modernes pour y remédier dont celles de Van Hasselt (dès 1830), de Ducondut, (1856), de Clair Tisseur (1893). Mais ces essais, entrepris du reste par des poètes timides, reposaient sur l'erreur de croire inorganiques des variétés de coupes sans symétrie. Ces poètes eurent la notion très nette du *pied rythmique* et, par son application raisonnée, du renouvellement du vers dans sa mesure syllabique traditionnelle. Leur but était de régulariser son rythme intérieur et d'obtenir avec cette régularité des variétés, mais qui eussent toujours été semblables dans la même pièce. Ils confondaient en somme le rythme et le mètre, et ils ne s'apercevaient pas que la prononciation vivante bousculait avec leur syllabisme graphique les symétries trop minutieuses de leurs variétés uniformes. Ce qu'il y a de singulier est qu'ils qualifiaient leurs essais *métriques* de *rythmiques*.

80. Dans le sens de la régularisation, Théophile Gautier nous a donné plusieurs exemples de combinaisons métriques :

$$\cup \quad \cup \quad - \quad \cup \quad \cup \quad -$$
Dans le bain, sur les dalles,
A mon pied négligent
J'aime à voir des sandales
De cuir jaune et d'argent.
En quittant ma baignoire,
Il me plaît qu'une noire
Fasse mordre à l'ivoire
Mes cheveux, manteau brun,
Et versant l'eau de rose,
Sur mon sein qu'elle arrose,
Comme l'aube et la rose
Mêle perle et parfum.

Gazhel.

Suivent deux autres strophes du même dessin. Trois strophes aussi répètent les figures que voici :

$$\cup \quad - \quad \cup \quad - \quad \cup \quad - \quad \cup \quad -$$
J'allais partir ; doña Balbine
Se lève et prend à sa bobine
$$\cup \quad - \quad \cup \quad -$$
Un long fil d'or ;
A mon bouton elle le noue,
Et puis me dit, baisant ma joue,
— Restez encor !

J'allais partir.

Mais le mètre a fourché dans *el(le) le noue.*
La petite pièce intitulée *Villanelle* est plus intéressante :

$$- \quad \cup \quad - \quad \cup \quad \cup \quad - \quad \cup \quad -$$
Quand viendra la saison nouvelle,
$$- \quad \cup \quad - \quad \cup\cup \quad - \quad \cup \quad -$$
Quand auront disparu les froids,
$$\cup \quad \cup \quad - \quad \cup \quad \cup \quad - \quad \cup \quad -$$
Tous les deux nous irons ma belle,
$$\cup \quad \cup \quad - \quad \cup \quad \cup \quad - \quad \cup \quad -$$
Pour cueillir le muguet au bois.

$$- \quad \cup \quad - \quad \cup \quad \cup \quad - \quad \cup \quad -$$
Sous nos pieds égrenant les perles
$$\cup \quad \cup \quad - \quad \cup \quad \cup \quad - \quad \cup \quad -$$
Que l'on voit au matin trembler,
$$\cup \quad \cup \quad - \quad \cup\cup \quad - \quad \cup \quad \cup$$
Nous irons écouter les merles *(bis)*
$$\cup \quad -$$
Siffler.

$$- \quad \cup \quad - \quad \cup \quad \cup \quad - \quad \cup \quad -$$
Le printemps est venu, ma belle,
$$.. \quad \cup \quad - \quad \cup \quad \cup \quad - \quad \cup \quad -$$
C'est le mois des amants béni,
$$\cup \quad \cup \quad - \quad \cup\cup \quad - \quad \cup \quad -$$
Et l'oiseau satinant son aile,
$$\cup \quad \cup \quad - \quad \cup \quad \cup \quad - \quad \cup \quad -$$
Dit des vers au rebord du nid.

Oh ! viens donc sur ce banc de mousse
Pour parler de nos beaux amours,
Et dis-moi de ta voix si douce : (*bis*)
Toujours !

Loin, bien loin égarant nos courses,
Faisons fuir le lapin caché,
Et le daim, au miroir des sources,
Admirant son grand bois penché.

Puis chez nous. tout heureux, tout aises,
Au panier enlaçant nos doigts,
Revenons, rapportant des fraises (*bis*)
Des bois ! (¹)

Berlioz a mis cette fausse villanelle en musique ; et chantée par Mme Auguez de Montalant, j'en ai noté la prosodie ainsi.

Sauf pour *le printemps* avec une longue sur *le*, l'accord est parfait entre la prosodie du poète et celle du musicien, qui a su si bien mettre en valeur les longues au début de chaque strophe en accentuant des « crétiques ».

81. Gautier ne se doutait pas que ces combinaisons se retrouvent à travers toute notre versification française, depuis ce triolet du xiiie siècle d'Adam de la Halle, cité par Clair Tisseur (²) :

Hareu, li maus d'amer
M'ochist :
Il me fait désirer ;
Hareu, li maus d'amer
Par un douch regarder
Me prist.

(1) Théophile Gautier, *Poésies complètes*, 2 vol. (Charpentier, Éditeur 1880).
(2) *Modestes observations sur l'art de versifier*, p. 305.

$$\smile \; - \; \smile \; - \; \smile \; -$$
Hareu, li maus d'amer
$$\smile \; -$$
M'ochist.

En passant au xiv° siècle, ce début du virelay d'Eustache
Deschamps nous offre des alternances intérieures non moins
métriques :

$$- \; \smile \; \smile \; - \; \smile \; - $$
Dame, je vous remercy
$$\smile \quad \smile \; -$$
Et gracy
$$\smile \; - \; \smile \; - \; \smile \; -$$
De cuer, de corps, de pensée,
$$\smile \; \smile \; - \; \smile \; - \; \smile \; -$$
De l'anvoy qui tant m'agrée,
$$\smile \; \smile \; -$$
Que je dy
$$- \; \smile \; \smile \; \smile \; - \; \smile \; \smile$$
C'onques plus biau don ne vi
$$- \; \smile \; \smile \; \smile - \smile \; -$$
Faire à créature née... (¹)

Puis au xv° siècle que de rondels et complaintes de Charles
d'Orléans commencent par ces figures régulières :

$$\smile \; - \; \smile \; \smile \; - \; \smile \quad \smile \; -$$
Le temps a laissié son manteau
$$\smile \; - \; \smile \; \smile \; - \; \smile \; \smile \; -$$
De vent, de froidure et de pluye...

$$\smile \; \smile \; - \; \smile \; - \; \smile \quad \smile \; -$$
Les fourriers d'Esté sont venus
$$\smile \quad \smile \; \smile \; - \; \smile \quad \smile -$$
Pour appareiller son logis...

$$- \; \smile \; \smile \; - \; \smile \; \smile \; \smile \; -$$
France, jadis on te souloit nommer,
$$- \; \smile \; \smile - \; \smile \; \smile - \; \smile \; \smile \; -$$
En tous pays, le trésor de noblesse,
$$- \; \smile \quad \smile \; - \; \smile \; \smile \; \smile \; - \; \smile \; -$$
Car ung chascun povoit en toy trouver
$$\smile \; - \; \smile \; - \; \smile \; \smile \quad \smile \; \smile$$
Bonté, honneur, loyaulté, gentillesse,
$$\smile - \smile \; - \quad \smile \; \smile \; - \; \smile \; \smile -$$
Clergie, sens, courtoisie, prouesse...(²)

Quant à Ronsard on se doute qu'il est plein de strophes
métriques :

$$\smile \; \smile \; - \smile \; \smile \; \smile \; - \; - \; -$$
Pour boire, dessus l'herbe tendre
$$\smile \; - \; \smile \; \smile \; \smile \; - \; \smile \; -$$
Je veux sous un laurier m'étendre,
$$\smile \; - \; \smile \; - \; \smile \; \smile$$
Et veux qu'Amour, d'un petit brin

(1) Cité par CLAIR TISSEUR, p. 3o1. — Toute la suite de la pièce, qui est
assez longue, comporte ainsi de continuelles alternances métriques.
(2) *Poésies de* CHARLES D'ORLÉANS, publiées par Marie Guichard (Paris,
Gosselin éd., 1842).

> Ou de lin, ou de cheneviere,
>
> Trousse au flanc sa robe legere,
>
> Et mi-nud me verse du vin.
>
> *Odes*, 4e livre, XVII.

Citerai-je ce sonnet entier :

> Doux cheveux, doux présent de ma douce maistresse,
>
> Doux liens qui liez ma douce liberté,
>
> Doux filets où je suis doucement arresté,
>
> Qui pourriez adoucir d'un Scythe la rudesse,
>
> Cheveux, vous ressemblez à ceux de la princesse
>
> Qui eurent pour leur grâce un astre mérité ;
>
> Cheveux, dignes d'un temple et d'immortalité,
>
> Et d'estre consacrez à Vénus la deesse.
>
> Je ne cesse, cheveux, pour mon mal appaiser,
>
> De vous voir et toucher, baiser et rebaiser,
>
> Vous parfumer de musc, d'ambre gris et de bàme,
>
> Et de vos nœuds crespez tout le col m'enserrer,
>
> Afin que, prisonnier, je vous puisse asseurer
>
> Que les liens du col sont les liens de l'àme.
>
> *Amours diverses*, XII (¹).

Mais quelles que soient les symétries de ces combinaisons,
elles diffèrent, comme dans nos citations de La Fontaine, des
exemples systématiques de Gautier par plus ou moins d'alternances entre les figures semblables, — et nous pourrions jusqu'à
nos jours à travers le romantisme (Hugo en est rempli), extraire
de toute œuvre des successions de *mètres* formés de *pieds rythmiques rigoureux.*

82. Ainsi nos poètes ont toujours fixé et régularisé à chaque
instant l'accentuation flottante de leurs vers. Cependant, là

---

(1) P. DE RONSARD. *Œuvres complètes*. Nouvelle édition par M. Prosper
Blanchemain (Paris, Jeannet, 1857).

n'est pas le phénomène révélateur du mouvement propre à la versification française ; *il est dans l'entremêlement continuel de cette métricité par l'accent avec une libre rythmicité intérieure.* De ce point de vue, toute l'histoire de notre versification française est à reprendre, qui montrerait le rôle accentuel grandissant du pied rythmique, et dans quelle proportion s'équilibraient chez chaque poète les formes statiques et les formes dynamiques en dehors du numérisme imposé, pour aboutir de nos jours à un jeu à la fois plus juste, plus riche et plus souple par dessus un syllabisme artificiel, comme par dessus un numérisme secondaire.

83. Ce fut en effet un sentiment très exact du mouvement vivant qui empêcha nos poètes d'arrêter tous les rythmes sous le joug de mètres plus rigoureux, comme l'auraient désiré les Van Hasselt et les Ducondut. Sans alternances, les seuls exemples de Théophile Gautier suffisent à démontrer combien une régularisation constante, avec n'importe quelle forme, eût été peu soutenable. Les nouveautés simplement numériques de Clair Tisseur peuvent en témoigner :

> O Doricha, fleur de l'Hadès, ton corps si tendre,
> Que Cypris même eût jalousé n'est plus que cendre !
> Et sa tunique au tissu d'air, dont les tiédeurs,
> Dans l'air subtil, semblaient répandre les ardeurs...

ou encore :

> La saison des renoncules d'or, la saison
> Qui transforme en écrin scintillant, le gazon,
> Reparaît, les yeux baignés d'amour, elle éveille
> La fourmi, dans ses greniers blottie, et l'abeille... (¹)

Déjà sur quatre vers ces coupes uniformes d'alexandrins en 4-4-4 et en 3-6-3 se supportent mal ; et la seconde nous paraît plus agréable grâce aux variations des six temps intérieurs.

Les combinaisons par alternances métriques de Van Hasselt, surtout pour les mètres impairs, étaient plus heureuses :

______

(1) CLAIR TISSEUR, *Modestes observations sur l'art de versifier.* (Lyon, Bernoux et Cumin, éd. 1893.)

APPENDICE VIII

LES DÉCOUVERTES DE M. LE Dʳ MARAGE

85. Après avoir décrit le grand appareil inscripteur de M.
Rousselot dans la dernière partie de nos études qu'a publiée la
revue l'*Occident* en 1907, nous avions été amené pour la connaissance impartiale des faits à compléter notre description par
cette note :

« A la fin de l'année 1906, tous les journaux furent remplis
d'une prétendue découverte de M. le Dʳ Marage, autorisé à
faire un cours libre de physique biologique à la Sorbonne. C'était
la « photographie de la parole ». Il s'agissait de la simple trans-
formation d'un système télégraphique, utilisant comme moyen
de transmission des rais lumineux réfléchis et photographiés
sur un miroir mobile, en système téléphonographique, rempla-
çant les communications du manipulateur par les vibrations
du chant et de la parole.

« Les graphiques publiés étaient extraordinairement grossiers,
presque nuls ; ils ne décomposaient d'ailleurs aucun des éléments phoniques.

« La photographie *directe* de la parole fut découverte en 1893
par l'allemand Raps. Les résultats, quoique intéressants, furent
peu pratiques et des plus incomplets.

« En 1887, M. Doumer réussissait de très fines photographies
de voyelles par l'intermédiaire des flammes manométriques de
Kœnig, on pouvait reconnaître de nombreux harmoniques. En
1897, dix ans après, M. le Dʳ Marage faisait état de photographies
analogues où l'on ne reconnaissait par période, selon la voyelle,
qu'une, deux ou trois flammes !

« Alors que dès 1885, M. l'abbé Rousselot avec l'*Inscripteur
électrique* enregistrait des tracés clairs et détaillés, exactement
mesurables, M. le Dʳ Marage croit faire, en 1906, une découverte
en utilisant des graphiques, où, de son propre aveu, il n'est

guère possible de distinguer que l'homogénéité et une durée
approximative de la *syllabe*, sans rien de ses composés.

« Les journaux, bien informés, remplirent leur office naturel. »

86. Je n'ai rien à retrancher de cette note ; et il importait
spécialement de la transcrire après la nomination de M. le D'
Marage à une chaire de *physiologie de la parole* à la Sorbonne
(Juin 1911). Jusqu'à cette année, M. Marage ne faisait qu'un
« cours libre » qui n'engageait pas la responsabilité de notre
enseignement supérieur. La Sorbonne par ce choix incompréhensible a témoigné de la légèreté la plus étrange. La « physiologie
de la parole » est une matière qu'on peut dire presque neuve, surtout dans ses conditions de production dont les éléments principaux ont été découverts par M. Rousselot ou l'analyse renou-
velée par sa méthode d'examen.

Il ne suffit pas que M. Marage ait rendu hommage à cette
méthode en se faisant photographier derrière le premier appareil inscripteur inventé par M. Rousselot, comme on pouvait
le voir dans toutes les gazettes, lors de la réclame bouffonne
pour la puérile « photographie » de la parole. Il aurait fallu que
les communications annuelles de M. Marage à l'Académie des
Sciences ne fussent pas enfantines, sans aucune valeur, et qu'on
n'acceptât point la médiocre garantie de patronages inconsidérés.

La physiologie de la parole ne peut être enseignée que par un
savant qui soit à la fois un physiologiste, un acousticien et un
linguiste, mais avant tout sous ces trois faces un véritable décou-
vreur, un créateur, vu l'état encore peu mûr de cette science.

Personne à l'heure actuelle n'est apte à l'enseigner : les élèves
de M. Rousselot sont trop jeunes ou se sont trop spécialisés, et M.
Rousselot attend encore la chaire au Collège de France qui
aurait permis d'assurer à cet enseignement, sinon un avenir,
garanti par les cours, supérieur et secondaire, de l'Institut
Catholique, du moins une consécration retentissante, — juste
hommage officiel rendu à un savant français parmi les plus émi-
nents et à une science neuve dont le renom est universel, mais
qui, à la honte de professeurs ignorants ou intéressés, semble
étouffée dans le pays même de sa naissance.

APPENDICE IX

LA TRANSCRIPTION DE LA PAROLE
LES APPAREILS DE SYNTHÈSE ET LES
APPAREILS D'ANALYSE

87. En dépit de toutes les preuves apportées par M. Rousselot sur l'excellence des divers appareils d'analyse qu'il inventa ou perfectionna pour les découvertes de la phonétique, nombre de philologues et de phonéticiens, qui avaient leur siège fait, ont peu tenu compte jusqu'ici de la méthode expérimentale.

Les uns n'ont même pas essayé de l'éprouver, les autres se sont contentés d'un examen superficiel plus fâcheux qu'une méconnaissance absolue, d'où des confusions qui peuvent être très nuisibles pour les progrès à venir dans l'analyse physiologique et acoutisque de la parole.

88. La confusion la plus grave est celle qui est faite entre les *appareils de synthèse* (phonographe, gramophone. pathéphone, pathégraphe, etc.) et les *appareils d'analyse* dont le grand inscripteur Rousselot est le type complet pour les expériences d'un mouvement d'ensemble continu, le *manomètre à eau*, les *ampoules exploratrices*, le *palais artificiel*, etc..., servant aux analyses physiologiques locales, les *diapasons*, le *résonnateur universel* etc... aux analyses acoustiques.

Les appareils de synthèse reproduisent la parole et tous les sons dans leurs groupements organisés ; ils se substituent aux organes producteurs pour que l'oreille retrouve les mêmes résultantes. Les appareils d'analyse au contraire ne transcrivent les sons qu'en dissociant, en isolant leurs éléments constitutifs, nous mettant à même de les étudier en dehors des habitudes vicieuses personnelles, des suggestions de l'oreille et de l'esprit.

89. Le phonographe le plus perfectionné peut-il remplir ces dernières conditions ? En aucune manière, — même si l'on peut rendre visibles les courbes de l'inscription, unir ou superposer l'examen visuel à l'examen auditif, décomposer par conséquent à loisir, en dehors d'un temps fugace, les phénomènes du mouvement sonore.

Admettons que la reproduction et la transmission soient parfaites, qu'il n'y ait aucun bruit étranger, aucune différence de timbre, ni altérations par changements de vitesse, usure du disque, écarts ou sursauts de la pointe, etc. ; l'auditeur se trouve dans les mêmes conditions de partialité ou d'inaptitude à distinguer les sons qui ne lui sont pas habituels qu'avec un interlocuteur ordinaire. Et qu'il y ait plusieurs auditeurs, des divergences nombreuses se produiront entre eux sur les sons entendus.

Supposons maintenant qu'une invention nouvelle permette de voir dérouler sous nos yeux les sons du phonographe, de corriger ainsi visuellement nos erreurs, ce sera très intéressant, cela simplifiera quelques expériences, cela permettra un contrôle immédiat approximatif de la synthèse ; mais cela restera tout à fait incomplet pour une analyse véritable des éléments.

En effet, lors de l'inscription : 1° les sons auront été recueillis en partie à l'air libre : d'où déperdition de souffle, et avec le souffle de vibrations, par conséquent perte d'intensité et de durée ; 2° le souffle nasal et le souffle buccal auront été mêlés : d'où impossibilité de distinguer les nasalisations normales ou accidentelles, leurs points de départ, leurs prolongements, souvent en dehors du courant buccal ; l'absence des vibrations nasales aura été même complète, notamment pour les mi-occlusives $\tilde{n}$, m, n, pendant l'occlusion desquelles aucune vibration ne se transmet par la voix ; 3° l'inscription ne visant qu'à concentrer sur un point, sur une ligne ramassée, tous les phénomènes de la parole pour les reproduire synthétiquement, l'expérience ne peut être variée et sériée par : a) l'inscription des mouvements respiratoires ; b) l'inscription des battements du cœur ; c) l'inscription directe des vibrations laryngiennes ; d) du souffle vocal ; e) du souffle nasal ; *f*) d'un diapason contrôleur de la durée — toutes à la fois au besoin, — synchroniquement sur le même cylindre : *g*) par différentes membranes suivant qu'on recherche l'amplitude (membrane large et souple) ou la sonorité (membrane petite et rigide) des phonèmes, — l'une des deux d'ailleurs n'empêchant nullement de discerner dans leurs tracés affaiblis les résultats plus particulièrement expressifs avec l'autre.

Or tous ces synchronismes peuvent être nécessaires pour l'étude des rapports de la parole et de son rythme avec les mouvements de la respiration et du cœur, autant que pour la distinction des éléments phoniques sur des plans séparés. Et c'est ce que l'inscripteur Rousselot nous donne avec une perfection, une facilité remarquables dont aucun appareil actuellement n'approche et dont les résultats irréfutables forment une grande partie des 750 figures des *Principes*.

90. M. Théodore Rosset, maître de conférences à l'Université de Grenoble, prétend avoir inventé un nouvel appareil qui remplirait le but dont nous venons de parler d'une inscription phonographique retranscrite en courbes visuelles ([1]). L'auteur l'a décrit dans une thèse ([2]) et M. Brunot en a présenté quelques vagues résultats au public lors de l'inauguration des *Archives de la Parole* à la Sorbonne. Nous n'avons pas eu l'occasion d'expérimenter cet appareil ; mais, d'après la description même, nous doutons qu'il réponde aux désirs de l'inventeur ([3]). M. Rosset est

---

([1]) M. Eugène Landry a imaginé un dispositif synchronique analogue pour les études de sa thèse, *La Théorie du Rythme et le rythme du français déclamé* (Honoré Champion éd., 1911). Cet ouvrage malheureusement ne s'appuie pas sur des expériences assez diverses et assez fouillées. Du point de vue même de M. Landry, qui ne sépare pas le rythme dynamique du rythme mélodique, la hauteur musicale eut dû toujours être donnée avec la durée, notée seule en général. Puis aucune planche des tracés ne nous est fournie. Les mesures relevées me paraissent souvent en contradiction avec tous les résultats des expériences qui me sont personnelles ou que je connais. Techniquement, les désaccords de l'auteur sont incessants entre les principes généraux qu'il tire lui-même de ses démonstrations et les applications de ses expériences pratiques individuelles. L'*accent*, la *durée*, le *numérisme*, le *syllabisme*, la *scansion*, etc., sont enveloppés de continuelles incertitudes. Esthétiquement, l'auteur a des idées préconçues, très surannées.

([2]) *Recherches expérimentales pour l'inscription de la voix parlée* (Armand Colin, 1911).

([3]) Le troisième fascicule de la *Revue de Phonétique* nous révèle du reste que les meilleurs organes de l'appareil Rosset appartiennent à un autre appareil du constructeur, M. Lioret.

tombé dans cette confusion de vouloir demander à un appareil
de synthèse les qualités d'un appareil d'analyse : et il a cru pouvoir appuyer son invention sur une partie critique des moyens de
transcription visuelle employés jusqu'ici, critique d'une grande
faiblesse et tout à fait rudimentaire. Les exemples qu'il donne de
ses tracés sont aussi très incomplets, et l'examen en est pour
ainsi dire inexistant.

Ceux-mêmes, comme M. Ferdinand Brunot avec son intem-
pérance et son imprudence coutumières, qui voient dans une
application exclusive de l'appareil Rosset la clé passe-partout
d'un mystère phonétique, reconnaissent qu'il est impropre à
l'analyse physiologique de la parole, de ses articulations. Aucune
analyse par cet appareil n'est donc possible, car on ne peut
séparer la nature *organique* du son de sa nature *acoustique* :
elles n'existent, elles ne se démontrent que l'une par l'autre.

91. Nous ne pouvons songer à présenter ici les preuves expérimentales des légèretés apportées par M. Rosset dans sa critique
des appareils à tambours inscripteurs. Elles déborderaient le
cadre de cette étude et de ces appendices (¹). Rappelons seulement sur quel argument principal il met en doute la fidélité des
inscriptions.

L'appareil ne serait « pas constant avec lui-même à quelques
minutes de distance », témoins divers graphiques « traduisant
les mêmes mots prononcés sans avoir eu l'intention de rien changer » : les « différences sont très nettes » (²). Mais comment l'appareil serait-il plus constant que la voix même ? Et la preuve de
sa fidélité n'est-elle pas justement dans ces « différences » ? Est-il
utile de rappeler que nous ne pouvons jamais répéter un mot
mathématiquement de même ? qu'un son n'est jamais le même
son, pas plus qu'un geste, et en dépit de tous nos efforts ? C'est
la sensibilité de l'appareil qui est le gage de sa fidélité.

92. Aussi bien, tous les *moyens mécaniques*, quels qu'ils soient,

(1) Ces preuves viennent d'être données par M. l'abbé Rousselot avec une
précision et une finesse souriante qui dispensent d'un autre travail. (*Revue
de Phonétique*, 3ᵉ fasc. qui n'avait pas encore paru lors de la rédaction de ces
lignes.)
(2) Th. Rosset, *loc. cit.* p. 22.

chargés de reproduire ou de contrôler les *moyens naturels* présentent une certaine ou grande relativité. L'appareil Rousselot n'y échappe pas ; mais le phonographe et tout ce qui en dérive, pas davantage. Chaque expérience par un de ces moyens comporte un plus ou moins grand nombre d'éliminations nécessaires. Le plus souvent d'ailleurs elles sont infinitésimales par rapport aux à-peu-près, au *jeu* que nos organes laissent à nos sensations pour le plus grand bien d'une mobilité vivante. On remédie scientifiquement à ce relatif par la répétition de l'expérience et avec plusieurs sujets. Lorsque les mêmes phénomènes avec leurs modifications, se retrouvent au bout de dix, vingt expériences, et lorsque s'y ajoute la volonté de l'expérimentateur de se refuser à toute généralisation prématurée, on n'en peut nier la valeur. Enfin. quelle que soit l'imperfection d'un appareil, la même expérience peut ne pas être multipliée lorsque la méthode est sûre et que le sens critique de l'expérimentateur a fait ses preuves. L'important avant tout est l'excellence de la méthode, la conscience et la perspicacité de la critique. L'appareil le plus parfait donnera des résultats nuls avec une mauvaise méthode, tandis qu'une bonne en obtiendra de décisifs avec un instrument insuffisant.

93. D'un autre côté, les moyens mécaniques, même en dépassant nos sens, ne les égalent pas. Ils les corrigent, il les affinent ; mais une fois corrigés et affinés, nos sens demeurent plus justes et plus subtils que les machines d'une perfection absolue. Cinématographes et phonographes sont insupportables à des yeux délicats et à une ouïe vraiment sensible. Mais tandis que tout appareil de synthèse reste très inférieur, d'une grossièreté qui tend à fausser même notre vision naturelle et nos auditions, les appareils d'analyse peuvent seuls achever l'éducation de l'œil ou de l'oreille en rectifiant leurs limites, en étendant leur domaine. La conséquence d'ailleurs est que, après cette éducation, nos deux sens se refusent plus naturellement qu'avant aux bonnes volontés qui leur sont demandées par les synthèses mécaniques.

94. Disons donc bien hautement en conclusion de ces pages.

et en nous plaçant au point de vue exclusif du développement de notre art dans la poétrie française, qu'on ne doit pas accorder plus d'importance qu'il ne convient aux appareils de contrôle. Certes cette importance est capitale, l'application de ses appareils est désormais inséparable de la moindre étude rythmique et phonétique. Seuls, ils peuvent assurer les bases d'une éducation articulatoire et auditive qui, particulièrement chez les poètes, est entièrement à faire ou à refaire ; mais, ces bases analytiques établies, rien ne peut remplacer pour l'étude de la synthèse nos organes naturels, phonateurs et auditifs.

Quelles que soient leurs imperfections, ou plutôt leurs limites, ces limites aussi étendues soient-elles, c'est par eux et pour eux qu'on s'exprime.

L'oreille demeure la souveraine suprême.

TABLE DES MATIÈRES

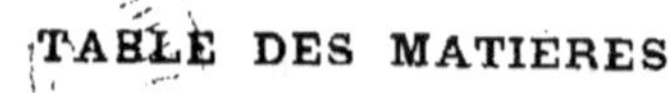

APPENDICES

Bar-le-Duc. Imp. Comte-Jacquet, Facronel, dir.

www.ingramcontent.com/pod-product-compliance
Lightning Source LLC
LaVergne TN
LVHW020841200726
843508LV00003B/1025